Marie Sophie Schwartz, C. Büchele

Ein Opfer der Rache

Erster Band

Marie Sophie Schwartz, C. Büchele

Ein Opfer der Rache
Erster Band

ISBN/EAN: 9783743628724

Hergestellt in Europa, USA, Kanada, Australien, Japan

Cover: Foto ©Andreas Hilbeck / pixelio.de

Weitere Bücher finden Sie auf **www.hansebooks.com**

# Ausgewählte Werke

von

Frau M. S. Schwartz.

Aus dem Schwedischen.

Stuttgart.
Franckh'sche Verlagshandlung.
1864.

Ein Opfer der Rache.

Erzählung

von

Marie Sophie Schwartz.

Aus dem Schwedischen

von

Dr. C. Büchele.

Erster Band.

Stuttgart.
Frauth'sche Verlagshandlung.
1864.

I.

Schließ' mit der Erde Glück einen Bund,
Eil', den Becher der Freude zu leeren;
Du findest in einer schwachen Stund',
Daß sie kosten mehr, als sie gewähren.
Kullberg.

Vor einigen Jahrzehnten gehörte die große, im mittlern Schweden gelegene Herrschaft Broborg dem Obersten Werner.

Der Oberst hatte seine Jugend in der Garnison und auf dem Kriegsschauplatz zugebracht.

Er hatte sich im finnischen Kriege durch Kühnheit und Muth ausgezeichnet, und die Folge davon war eine schnelle Beförderung gewesen.

Als Krieger wegen seiner Unerschrockenheit bewundert, war er dagegen als Mensch um seiner ausschweifenden Lebensweise willen bekannt; im Frieden ebenso geneigt, sich frevelhaft dem Rausch der Lüste und Vergnügungen hinzugeben, wie im Kriege, sich blindlings in Gefahren zu stürzen. Wild und heftig im Kampfe, war er es nicht minder, wenn eine Leidenschaft sich seiner bemächtigte. Ohne Kraft oder Willen, seine Begierden zu zügeln, überließ er sich denselben ohne Widerstand, indem er als Regel aufstellte: Leben ist genießen, und Genießen ist das rechte Leben.

Als der letzte finnische Krieg zu Ende war, kehrte der Oberst nach seinem stattlichen Broborg zurück, bedeckt mit Narben und Ehren; ihm folgte der Ruf, ein Schrecken für die Feinde und für die Familienväter, der Erste im Streite, der Erste bei der Theilnahme an einer Orgie gewesen zu sein.

Er stand bei seiner Heimkehr in den besten Tagen des Mannesalters, das heißt, er war noch nicht volle vierzig Jahre alt.

Er brachte aus dem Kriege einen alten treuen Diener mit, welcher sein Gefährte gewesen, seitdem er als Jüngling in die Armee getreten war, und in der Eigenschaft eines Dragoners zu der Mannschaft von Broborg gehörte.

Erik Stark hatte in derselben Schwadron wie der Oberst gedient, und als beide vom Kriege heimkehrten, war Stark in dem Dienste der Krone ergraut und hatte als Preis seiner Tapferkeit eine Medaille erhalten; sein junger Herr dagegen war Regimentschef geworden.

Bei der Ankunft in der Heimath wurde der alte Dragoner von einer Frau und einer blühenden Tochter begrüßt. Der Oberst dagegen hatte keinen Anverwandten, welcher ihn auf dem öden Schlosse empfing, sondern nur die prachtvollen Gemächer öffneten ihm ihre leeren, kalten Arme.

Er empfand dieß jedoch nur wenig; denn nachdem er mit einem gnädigen Nicken seine im Hofe aufgestellten Diener begrüßt hatte, betrat er in ganz munterer Stimmung das stolze Wohngebäude, und wandte sich zu dem Intendanten Berg, der ihn begleitete, mit den Worten:

„Wer war das hübsche Mädchen, welches den alten Stark umarmte."

„Seine Tochter, Herr Oberst."

„Ah, zum Teufel, der Alte hat eine Tochter. Ich hatte ganz vergessen, daß er nur verheirathet war —. Es findet sich doch noch Wein genug in meinem Keller," setzte er dann hinzu und trommelte einen Marsch auf dem Tische.

„Ja, Herr Oberst."

„Gut. In ein paar Stunden kommen einige von meinen Offizieren hieher, um mit mir den Abschluß des Friedens zu feiern."

Er fuhr sich mit der Hand über die Stirne und fügte sich hastig emporrichtend hinzu:

„Oder vielmehr, um Vergessenheit unserer Schande zu suchen."

Der Oberst ging ein paar Mal mit verdüsterter Miene im Zimmer auf und ab, und schloß dann mit den Worten:

„Sorgen Sie dafür, daß wir Wein und Speisen vollauf haben."

Er machte eine Bewegung mit der Hand, welche dem Intendanten bedeutete, daß er sich entfernen könne.

Sobald er allein war, setzte er seinen Gang im Zimmer auf und ab fort und murmelte:

„O Finnland, Finnland! So bist Du doch verloren für uns! Es war wohl der Mühe werth, daß wir uns wie Löwen schlugen, wenn Verrätherei uns um den Sieg bestehlen sollte." Der Oberst schlug sich mit geballter Faust vor die Stirne, und eine Fluth von Verwünschungen ergoß sich über diejenigen, welche Sweaborgs Fall verschuldet hatten; — aber gerade als ob diese Herzensergießungen die Kraft besessen hätten, seinen Zorn zu besänftigen, heiterten sich seine Züge wieder auf und er rief in heiterem Tone:

„Bah, es verlohnt sich nicht, daran zu denken. Ich habe meine Pflicht als Soldat gethan und mich für sieben geschlagen; folglich steht mir auch das Recht zu, des Lebens Freude jetzt zu genießen, und so lang es Wein und Mädchen gibt, hol' der Teufel das Nachgrübeln!"

Der Oberst grübelte auch nicht gern, sondern lebte frisch darauf los. Tage, Wochen, Monate vergingen in stetem Saus und Braus, der nur durch den Eifer unterbrochen wurde, womit der Oberst Carin, Starks schöne Tochter aufsuchte.

Sie ihrerseits wich ihres Vaters Chef und Gutsherrn sorgfältig aus.

Dieser Widerstand reizte den an rasche Erfolge gewöhnten Sinn des Obersts nur um so mehr.

Plötzlich hörte das wilde Leben auf Broborg auf. Die Trinkgenossen wurden seltener eingeladen, die Karten verschwanden, und unser Krieger nahm sich vor, einige Monate sich eines ordentlichen Wandels zu befleißen und ein stilles Leben zu führen.

Etwas über ein Jahr war verflossen, seitdem der Oberst nach Broborg zurückgekehrt war; da reiste er eines schönen Morgens wieder ab. Wohin er seinen Weg nehmen wollte, darüber erklärte er sich gegen Niemand; aber einige Monate später wurde seinen

Untergebenen die Kunde, daß er sich ins Ausland begeben hätte.

Ein Jahr nach dem andern kam und ging, ohne daß der Oberst auf dem Besitzthum seiner Väter sich wieder sehen ließ.

So war ein ganzes Jahrzehent verflossen, als der Intendant einen Brief erhielt, mit dem Befehl, alle Zimmer in Ordnung zu setzen und modern und elegant möbliren zu lassen, da der Oberst im nächsten Jahr seine junge Frau nach Broborg heimzuführen gedächte. Er hatte nach einem stürmischen Leben, ein Fünfziger, sich mit einer jungen Französin verheirathet und wollte nun auf dem Grund und Boden seiner Väter sich niederlassen.

Der Sommer stand in seinem vollen Flor, als der elegante und bequeme Reisewagen des Obersts an einem schönen Juniabend auf dem Hofe von Broborg anfuhr.

Auf der Treppe und im Corridor war die Dienerschaft aufgestellt, und im Hofe befanden sich alle seine Gutsangehörigen, welche, als der Wagen vorüberrollte, ihren Gutsherrn mit einem dreimaligen Hurrah begrüßten.

Als der Oberst aus dem Wagen stieg, stand auf der ersten Treppenstufe der alte Stark in seine Dragoner-Uniform gekleidet und mit der Medaille auf der Brust. Da stand er, ein straffer und riesiger Greis, mit Silber im Haare und Narben im Angesicht; aber tiefere Furchen, als der Feind hervorgebracht, hatte die Zeit gegraben, denn man las in den Zügen des Alten, daß irgend ein bitterer Gram in seinem Innern hauste, und daß der

Schmerz mit seiner scharfen Pflugschar nicht blos im Antlitz, sondern auch im Herzen unvertilgliche Spuren hinterlassen hatte.

Als er dem alten Krieger, dem Theilnehmer an seinen Gefahren und Siegen, Auge in Auge gegenüber stand, erbleichte der sonst so stolze und unerschrockene Mann.

Stark stand da, mit der Hand an seinem Helme, und blickte dem Oberst mit einem so grimmigen Ausdruck ins Auge, als ob er einen Feind vor sich hätte. Einen Moment blieben die beiden Krieger so stehen, der Oberst mit der Blässe des Marmors in seiner stolzen Miene, und der Alte mit einer Welt voll Erbitterung in seinem Blick.

„Guten Tag, Stark," sagte endlich der Oberst und nickte dem Veteranen zu, worauf er einer schönen jungen Frau aus dem Reisewagen half.

Die junge Oberstin hatte ein zartes Kind auf dem Arme. Als sie an dem alten Stark vorbeikam, warf ihr dieser einen Blick zu, der einen stummen, aber furchtbaren Haß verkündete.

Nachdem der Oberst seine Gattin in das Haus geführt hatte, erschien er wieder, um seine Untergebenen mit einigen kräftigen Worten zu begrüßen; darauf wandte er sich unmittelbar zu Stark, welcher noch immer auf der ersten Treppenstufe stand.

„Freut mich, Dich zu sehen, mein lieber Stark. Wie geht es Dir?"

Damit reichte er ihm die Hand.

„Gut, Herr Oberst. Ich bin allein auf dem Wahlplatz geblieben, denn meine Frau hat das Gewehr gestreckt."

„Todt also?"

„Ja."

„Nun, warum faſſeſt Du nicht meine Hand, alter Kamerade?"

„Ich weiß, daß ich mit meinem Chef rede," antwortete Stark barſch und ſah dem Oberſten ſteif ins Geſicht. „Wollte eigentlich nur den Herrn Oberſt ſehen."

„Danke. Nun, wie ſteht es ſonſt daheim bei Dir?"

„Ich bin einſam und allein."

„Und — und — Deine Tochter?"

Der Oberſt hatte Mühe, das Wort hervorzubringen.

Es blitzte in den tief liegenden Augen des Alten, aber er antwortete kalt:

„Todt!"

Der Oberſt zuckte zuſammen, als ob er einen Stich erhalten hätte. Es entſtand eine Pauſe; darauf legte er ſeine Hand dem Veteranen auf die Schulter und ſprach:

„Komm' morgen früh um neun Uhr zu mir!"

„Soll geſchehen, Herr Oberſt," erwiederte Stark und ſtellte ſich in Poſitur.

„Du trinkſt doch wohl dieſen Abend mit den Andern ein Glas auf meine Geſundheit?" ſetzte der Oberſt hinzu, indem er ſich entfernte.

Stark ſah ſeinem abgehenden Chef eine Weile nach. Dann nahm er ſeinen Weg nach der Wohnung des Intendanten, wo das Volk bewirthet wurde. Während er ſich dorthin begab, murmelte er bei ſich ſelbſt:

„Er fürchtet ſich ebenſo wenig vor ſeinem Gewissen, als er sich sonst vor den Kugeln der Russen fürchtete, aber ich merkte doch, wie er erbleichte, als er das Weiße in meinen Augen sah."

Der Greis schwieg; aber eine Minute nachher schlüpfte das Wort: Schurke über seine Lippen.

„Nun, Stark," sprach der alte Gärtner, „Du bist doch wohl recht erfreut, Deinen Oberst wieder zu sehen?"

„Gewiß, das bin ich," erwiederte Stark.

„Sie ist wahrhaftig sehr schön, die gnädige Frau Oberstin."

„Er gleichfalls."

„Ein bloßes Kind gegen den Oberst."

„So geht es eben. Er hat stets an jungen Frauen Gefallen gehabt. — Weißt Du, ob das Kind ein Knabe ist?" fragte Stark, indem er den Gärtner ansah.

„Nein, es soll ein Mädchen sein."

„Schade."

„Warum das?"

„Weil man nichts als Elend mit dem Weibsvolk hat."

Damit leerte Stark seinen Bierkrug und ging.

II.

Acht Jahre waren vergangen, seitdem Oberst Werner seine junge Gattin heimgeführt hatte; acht Jahre von Glückseligkeit für die beiden Gatten; denn der Oberst betete die einnehmende Frau an und schien nur für sie zu leben.

Der einzige Kummer, den der Oberst empfand, war der, daß er keinen Sohn hatte; aber da seine Gattin sich im Besitz ihrer kleinen Tochter glücklich fühlte, wurde das Mädchen bald auch des Obersts Augapfel.

Es gewährte in der That einen eigenthümlich entzückenden Anblick, zu sehen, wie die junge schöne Frau dem beinahe sechzigjährigen Mann eine Liebe weihte, die bei ihrer ungesuchten Einfachheit sich zugleich so aufrichtig darstellte, daß sie Vertrauen und Bewunderung wecken mußte. Verfinsterte zuweilen eine Wolke, oder eine düstere Erinnerung über sein verflossenes Leben die Stirne des Obersts, so war sie alsbald an seiner Seite und verjagte dieselbe durch ihren Frohsinn und ihre Zärtlichkeit.

Der alte Stark war sogleich nach der Heimkehr des Obersts von diesem überredet worden, seinen Wohnsitz in Broborg zu nehmen; und hier hatte der alte Dragoner seitdem gelebt und war der treue Hüter und Begleiter der kleinen Gabriella von dem Augenblick an gewesen, da das Kind seine ersten Schritte zu machen anfing.

Zwischen dem Mädchen und dem Veteranen hatte sich eine innige Freundschaft entwickelt. Der Alte war der Günstling und Vertraute des Kindes. Dieses hinwiederum schien der Liebling des Greises zu sein, obwohl er zuweilen einen sonderbaren Blick auf dasselbe heftete, dessen Ausdruck zu erklären, sehr schwer gehalten hätte.

Oberst Werner hatte seine Tochter aufwachsen lassen, als ob es ein Knabe gewesen wäre. Niemals hatte das Mädchen andere Kleider, als weite

Hosen und eine Bluse getragen. Sie war bei Zeiten an starke Körperbewegungen gewöhnt worden. Da sie noch klein war, hatte der Oberst sie oft, wenn er ausritt, vor sich auf den Sattel genommen, und als sie größer wurde, kaufte er ihr ein kleines Pferd, und Stark lehrte sie reiten. Ebenso ertheilte er ihr spielend Unterricht in der Kunst zu fechten und mit einer kleinen Büchse nach dem Ziele zu schießen, während sie gleichzeitig es dahin brachte, wie ein Junge zu marschiren und zu exerciren.

Somit besaß die junge Erbin von Oberst Werners unermeßlichem Vermögen bereits in einem Alter von neun Jahren große Fertigkeit im Tanzen, Reiten, Schwimmen, Schießen, Exerciren, konnte einen Purzelbaum machen, durch einen Reif springen und ein Rad schlagen; aber eine Zeile in einem Buche zu lesen, eine Feder oder eine Nadel zu halten, oder einen einzigen Akkord auf einem Instrumente anzuschlagen, oder sonst Etwas zu treiben, das Mädchen ihres Alters sonst nicht fremd zu sein pflegt: — davon verstand sie nichts.

Dabei war sie aber frisch und blühend, lebendig wie Feuer, munter und muthwillig, wie ein ungezähmtes Füllen, die Lust ihrer Eltern und die Freude aller Untergebenen.

Zudem hatte das unverdorbene Kind ein gutes Herz, welches sie zum Liebling und Fürsprecher aller Armen machte. Oft geschah es, daß die kleine Gabriella von ihrem Streifzug ohne Bluse heimkehrte; und wenn die Mutter sie deßhalb mit Sanftmuth zur Rede stellte, so lautete die Antwort:

„Mama, ich habe sie einem Kinde gegeben, das zerrissene Kleider hatte."

Die Oberstin war schon, als das Mädchen sieben Jahre zählte, Willens gewesen, eine Lehrerin für sie anzunehmen, aber der Vater hatte mit Bestimmtheit erklärt, sie sollte ihr erstes Jahrzehnt, ohne daß sie vom Leben etwas Anderes, als dessen Freuden kennen lernte, zurücklegen und mit vollen Zügen die Lust ihres Daseins und der unschuldigen Kinderjahre genießen.

In diesem Sinn hatte sich der Oberst oft gegen den alten Stark geäußert, wenn er den Spielen und Uebungen des Veteranen und seiner Tochter zusah, und dann hatte Stark einen sonderbaren Blick auf den Oberst geheftet und dazu bemerkt:

„Gut gesprochen, Herr Oberst; die Freude kann in der Zukunft Gabriella nur sehr dürftig beschieden sein. Sie kann ja für den Rest ihres Lebens zur Fahne des Kummers zu schwören haben."

Eines Tags waren Stark und die kleine Gabriella ausgeritten. Der alte Dragoner erzählte von dem letzten finnischen Kriege, und das Mädchen ließ sein kleines Pferd im Schritte gehen, um auf Schilderungen zu lauschen, welche schon unzählige Mal gehört worden waren, jedoch immer und immer einen neuen Reiz gewährten.

Als der Alte geschlossen hatte, sagte sie:

„Und als Du mit dem schönen Pfennig da auf der Brust heimkehrtest und ihn Deinen Kindern zeigtest, da bist Du wohl recht erfreut gewesen?"

„Ich hatte nur ein Kind," antwortete Stark

düster. „Ich hatte, wie der Oberst, nur eine Tochter."

„Und wo ist sie jetzt? Ist sie in den Krieg gezogen, wie ich thun werde, wenn ich einmal groß bin?"

„Ja, sie ging in den Kampf und wurde getödtet," sagte der Greis mit finsterer Stimme.

„Getödtet!" wiederholte das Mädchen und schaute verwundert zu seinem alten Begleiter auf. „Armer, armer Stark, wie mißmuthig Du jetzt aussiehst; aber schau, Kamerad" — ein Schmeichelwort, dessen sich Gabriella gegen den Veteranen bediente — „als Deine Tochter muß sie in tapferem Kampfe gefallen sein, habe ich nicht Recht? Du bist ja Soldat, und mußt Deine Freude daran haben, zu denken, daß Deine Tochter muthig in den Tod gegangen ist."

Stark riß am Bügel und hielt sein Pferd an, worauf er mit dumpfer Stimme erwiederte:

„Nein, sie starb wie ein feiger Deserteur, der seine Ehre an einen Verräther verkauft."

„Stark, jetzt siehst Du garstig aus," fiel die Kleine ein; „und wie Du so schlecht von Deiner verstorbenen Tochter redest! Pfui, alter Kamerade, ich glaube bestimmt, daß dein Mädchen so artig und lieb war, wie Gabriella."

Der Alte schwieg und setzte sein Pferd wieder in Gang.

„Verrätherei?" nahm Gabriella wieder das Wort, „was heißt denn das?"

„Das heißt, wenn der Feind einen Soldaten überredet, feiger Weise und ohne Widerstand ihm

seine Waffen auszuliefern. Derjenige, welcher sich
solchergestalt überreden läßt, ist ein Verräther an
seinem Lande und an seiner Ehre; und der, welcher
ihn dazu überredet, ist ein Verräther an seinem Gewissen und an seinem guten Namen."

„Der Ueberredende wird wohl streng bestraft?"

„Ja, man hängt ihn ohne Urtheil und Spruch
mit dem Ueberredeten auf."

„Hu, Stark! wurde Deine Tochter gehängt?"

„Nein!"

„Und der, welcher sie überredet hat, ihre Waffen
auszuliefern, was bekam der für eine Strafe?"

„Er steht noch unter Gottes und meiner Rache."

„Weißt Du, Stark, wenn Du so sprichst, so siehst
Du recht gottlos aus, und ich —

„Du bekommst Angst," fiel Stark in verächt-
lichem Tone ein.

„Ach nein, von Angst ist keine Rede, mein
Freund," antwortete die kleine Amazone und sah
ganz beleidigt aus. „Sieh, da sind wir an dem
Kirchhof, und wahrhaftig, Papa ist drinnen," rief
das Mädchen, während sie von dem Waldwege ab-
bogen.

Mit einem Sprung war sie auf dem Boden und
stand im nächsten Augenblick neben ihrem Vater auf
dem Kirchhof.

„Bomben und Granaten!" murmelte Stark und
hielt Gabriella's Pferd an. „Ich glaube, er steht
vor Carins Grab. Stehe Du nur da, bald ist
meine Rache fertig und Dein Glück zertrümmert.
Vergiß dann, wenn Du kannst, Carin und den alten

Stark, dessen Treue Du damit lohntest, daß Du ihn schändlich um sein einziges Gut bestahlst!"

Während dieses stillen Monologs war Stark vom Pferde gestiegen und hatte es sammt dem Gabriella's an einen Baum gebunden; da trat er gleichfalls auf den Kirchhof und nahm seinen Platz hinter dem Oberst und Gabriella.

Weder er noch sie gaben darauf Acht, daß Stark sich ihnen angeschlossen hatte.

Der Oberst stand vor einem einfachen, schwarzen, hölzernen Kreuze, welches nur mit dem Namen C a r i n bezeichnet war. Darunter standen die Worte: A u f g e s c h o b e n i s t n i c h t a u f g e h o b e n.

„Wessen Grab ist das, Papa?" fragte Gabriella und hing sich ihrem Vater an den Arm.

„Eines jungen Mädchens, das vor sechszehn Jahren gestorben ist," antwortete der Oberst bekümmert.

„Das meiner Tochter," fiel Stark hinter ihnen ein.

Gabriella fuhr zusammen und drehte sich zu Stark um. Der Oberst blieb unbeweglich.

„Komm, laß uns gehen," bat Gabriella und sah zu dem Veteranen auf. „Lieber, guter Stark, sieh das Grab nicht so an," setzte sie hinzu und streckte ihre Hände empor, um den alten Mann zu streicheln. „Sei nicht so böse auf deine arme Carin. Zürne lieber demjenigen, der sie verleitete, dem Muthe zu entsagen, aber nicht ihr, die verleitet wurde. Siehst Du, Stark, nicht alle können so tapfer sein, wie Du und ich."

„Du meinst also, Gabriella, ich soll mit dem

Verräther streng verfahren?" fragte Stark, indem er das Kind ansah.

„Ja!"

„Aufgeschoben ist nicht aufgehoben; komm, Kamerad!"

Damit nahm Stark Gabriella auf seine Arme. Jetzt erst drehte sich der Oberst um. Die Augen der beiden Krieger begegneten sich, und dann entfernte sich der Oberst schweigend.

III.

Am folgenden Tage saß Stark in seinem Zimmer und putzte und fegte an einer Menge Waffen, welche in Oberst Werners Rüstkammer gehörten.

„Guten Morgen, Stark," sagte der Oberst, als er bei dem Alten eintrat, „Du willst, wie ich bemerke, meine Waffensammlung wieder in Stand setzen, und wahrhaftig, sie bekommt dadurch ein ganz stattliches Aussehen."

„Das darf nicht anders sein, Herr Oberst, besonders wenn man sich bereit machen muß, daß der Tod seine Herausforderung zum Zweikampf ergehen läßt, und dann wäre es, der Teufel hole mich, eine Schande, wenn der alte Stark etwas unfertig zurückließe. Beim Blitz, eine schöne Klinge hier," fuhr Stark fort, einen Damascenersäbel betrachtend, „nun der hat seiner Zeit von Russenblut vollauf getrunken."

„Das ist wahr," sagte der Oberst, indem er Säbel in die Hand nahm und mit einem finsteren Blick darauf hinzusetzte: „Wenn ich an Finnland denke, möchte ich mir selbst den Schädel einschlagen, daß ich nicht demjenigen, welcher an Sweaborgs Fall schuld war, das Herz aus der Brust gerissen habe."

„Der Verräther hat seine Strafe schon bekommen," entgegnete Stark.

„Und welche denn?"

„Die seines Gewissens."

„Ein Verräther hat kein Gewissen."

„Das wäre der Teufel! Aber dann hat er doch wohl etwas Anderes, das verwundbar ist. Wenn ich uns an dem Elenden zu rächen gehabt hätte, so würde ich einer für ihn theuren Person ein schweres, unheilbares Leid beigebracht und dann gesprochen haben: Das ist die Rache für Sweaborg. Hätte er dann gesehen, wie diese ihm so theure Person sich vor Schmerz verzehrte, so wäre er genöthigt gewesen, verzweiflungsvoll an seine Missethat zu denken. Einem ehrlichen Feinde kann ich in der Raserei das Herz aus der Brust reißen, oder ihm den Kopf zerschmettern, aber bei einem Schurken ist das zu wenig."

„Du kannst Recht haben," entgegnete der Oberst, indem er sich über die Säbelklinge beugte und sie nachdenklich betrachtete.

„Das will ich meinen."

Hier wurden sie von Gabriella unterbrochen, welche mit einem Helm auf dem Kopfe, mit Epauletten auf den Schultern und mit Kuppel und Säbel hereingesprungen kam.

„Höre, Stark, wollen wir denn nicht zu exerciren anfangen? Du versprachst mir, heute im Feuern auf Kommando mich zu unterweisen, und ich habe darum Papa gebeten, hieher zu kommen und zuzusehen, wie Du sagtest, daß ich es thun sollte."

„Soll geschehen, Kamerade, ich habe nur auf Dich gewartet," erwiederte Stark, ging hin und nahm ein kleines Gewehr von der Wand, welches er Gabriella mit den Worten überreichte:

„Ich habe es blank geputzt, so daß es einem Krieger gut ansteht."

Der Oberst, welcher mit Vergnügen die kriegerischen Spiele seiner Tochter betrachtete, setzte sich auf einen Stuhl und sagte:

„Bist Du gewiß, daß das Gewehr nicht geladen ist?"

„Vollkommen."

„Nun, beim Teufel, das ist ein tüchtiger Lauf. Wo hast Du es herbekommen?

„Von der Rüstkammer."

„Nun, so sei doch still, Papa," rief Gabriella ungeduldig.

„Angetreten, Kamerad!" kommandirte Stark. „Gib jetzt Acht. Ich bin zu gleicher Zeit Feind und Befehlshaber. Wenn ich rufe: Fällts Gewehr! so legst Du augenblicklich an und zielst auf den zweiten Knopf links auf meinen Rock. Kommandire ich: Feuer!, so drückst Du auf den Hahnen, so daß das Zündhütchen knallt."

Die Kleine stellte sich in Positur; Stark ließ sie schultern u. s. w., dann kommandirte er: Fällt's Gewehr.

Sie mußte dies einigemal wiederholen, da er behauptete, sie ziele schief. Endlich rief er:

„Feuer!"

Gabriella drückte ab, es ging los, aber es war nicht der Knall eines Zündhütchens, sondern eines starken Schusses.

Ein Ruf des Obersts — das Wort: Carins Rache und Starks Fall waren die unmittelbare und augenblickliche Folge der Explosion.

Das Kind stand einige Sekunden unbeweglich, vom Pulverdampf umgeben, da und starrte vor sich hin; dann stürzte es auf den alten Dragoner zu, fiel aber mit einem durchdringenden Schrei rückwärts zu Boden, als es ihn todt in seinem Blute schwimmend daliegen sah.

IV.

Drei Tage nach dem beklagenswerthen Ereigniß wurde der alte Stark begraben.

Er war, wie es allgemein hieß, beim Putzen der Waffensammlung des Obersts unglücklicherweise mit einem geladenen Gewehr so unvorsichtig umgegangen, daß er sich selbst in die Brust schoß.

Die kleine Gabriella, welche bei dem Vorfall zugegen gewesen, hatte davon einen solchen Schrecken bekommen, daß eine heftige Hirnentzündung daraus entstand.

Wie es mit Starks Tod in Wirklichkeit zugegangen war, das hatte der Oberst für sich behalten, damit nicht sein unglückliches und unschuldiges Kind sein Leben lang das Brandmal an sich trüge, als hätte es, wenn auch unfreiwillig, einen Mord auf seinem Gewissen. So sehr er von dem schrecklichen Ereigniß niedergebeugt war, suchte er doch seine Tochter vor einem so traurigen Rufe zu schützen.

Die Oberstin hatte bei der Nachricht von dem Unglück mit Stark und bei dem Anblick ihres Kindes, das man bewußtlos herbeibrachte, vor Schrecken einen Blutsturz bekommen, und einige Tage nach Starks Beerdigung lag auch sie im Sarge.

Unter dem Gewicht dieser Schläge, die er als eine Strafe Gottes betrachtete, völlig vernichtet, saß der Oberst, ein leibhaftes Bild stummer Verzweiflung, an dem Krankenbette seiner kleinen Tochter und fürchtete jeden Augenblick, auch sie würde ihm entrissen werden.

Den Tag vor dem Begräbniß der Oberstin fuhr eine Chaise im Hofe von Broborg vor, und aus derselben sprang ein hochgewachsener, schlanker Jüngling von vortheilhaftem und energischem Aussehen.

Er fragte nach dem Oberst und wurde, als er seinen Namen nannte, in ein vor dem Krankenzimmer der kleinen Gabriella gelegenes Kabinet geführt; dort traf er den Oberst.

Auf der Stirne des früher so stolzen und übermüthigen Mannes stand jetzt mit unauslöschlichen Zügen ein tiefer, überwältigender Gram geschrieben.

„Sind Sie Birger Et, des alten Starks Tochtersohn?" fragte der Oberst den eintretenden Jüngling.

„Ja, Herr Oberst," antwortete Birger sich verbeugend.

„Durch meinen Brief wissen Sie, daß Ihr Großvater in Folge eines Unglücksfalls mit Tod abgegangen ist."

Birger verbeugte sich abermals zum Zeichen der Bejahung.

Der Oberst strich sich mit der Hand über die Stirne und fuhr dann fort:

„Setzen Sie sich, denn was ich Ihnen zu sagen habe, müssen Sie mit Aufmerksamkeit anhören. Beantworten Sie mir zuerst die Frage: was wissen Sie von Ihren Eltern, und wer hat Sie erzogen?"

„Mein Vater war, wie man mir sagte, Soldat gewesen und hieß Ek, aber er wie meine Mutter starben, als ich erst einige Monate alt war; da nahm mich meines Großvaters verheirathete Schwester, die Pastorin Welwort, als ihr eigenes Kind an und ließ mich mit ihren Söhnen erziehen."

„Man hat also gesagt, Ihre Mutter sei mit dem Soldaten Ek verheirathet gewesen?"

Der Oberst stützte den Kopf auf die Hand und schaute bekümmert vor sich hin.

„Ja."

„So verhielt es sich in Wirklichkeit nicht; Carin Stark war niemals verheirathet. — Ich bin ihres Sohnes Vater," sprach der Oberst, indem er einen tiefen Seufzer ausstieß, und setzte, Birger die Hand reichend, hinzu: „ich habe eine schwere Sünde gegen deine Mutter zu sühnen und will dieselbe, so weit es in meinem Vermögen steht, dadurch wieder gut machen, daß ich ihren Sohn adoptire. Du bist nicht mehr Birger Ek, sondern Birger Werner und sollst, wenn Gott meine Tochter am Leben erhält, meine Hinterlassenschaft mit ihr theilen. Sollte der Tod auch sie von meiner Seite reißen, so bist Du mein einziger Erbe."

Birger hatte die Hand des Obersts gefaßt und starrte ihn an, als ob er zu träumen glaubte. Als der Oberst schwieg, vermochte der Jüngling nicht ein Wort hervorzubringen, sondern drückte nur die Hand des Vaters an seine Lippen.

Der Oberst erhob sich und setzte in düsterem Tone hinzu:

"Bis auf Weiteres bleibst Du in Broborg. Morgen wird meine Frau begraben, und vielleicht hat der Tod bis dahin mir auch meine Tochter geraubt."

Mit diesen Worten trat der Oberst in das Krankenzimmer und winkte Birger, ihm zu folgen.

Die kleine Gabriella war in heftigen Fieberwahnsinn verfallen und rief während desselben unaufhörlich: "ein Schuß — Blut" und "Stark", indem sie jedes dieser Worte mit einem Schrei wilder Verzweiflung begleitete. Es war in der That etwas Unheimliches, das arme Kind zu sehen; und der Anblick desselben machte auf Birger einen peinlichen Eindruck.

Der Jüngling verweilte einige Monate in Broborg; inzwischen erholte sich Gabriella langsam und allmälig; aber es war nur ein körperliches Genesen, denn über ihrer Seele lag ein Nebel von Trauer, der beinahe wie Geistesstörung aussah.

Gegen Ende des Sommers trat der Oberst mit seiner gemüthskranken Tochter eine Reise ins Ausland an, um nach schwedischem Brauch die Hülfe auswärtiger Aerzte zu suchen.

Birger sollte auf die Akademie zurückkehren, um dort als des reichen Oberst Werners Sohn die Studien fortzusetzen, welche er mit so vielem Erfolg als der arme Birger Ek begonnen hatte.

V.

Auf der Reise nach Upsala hielt sich Birger ein paar Tage in Stockholm auf.

Es war ein schöner sommerlicher Abend zu Ende Septembers. An der Regierungsstraße wurde ein großes Gebäude aufgeführt, und die dabei beschäftigten Maurer standen eben im Begriff, sich vom Platze zu entfernen, als Birger sich einem von ihnen näherte und fragte:

"Arbeitet nicht der junge Welwort hier?"

"Allerdings; der Herr trifft ihn drinnen auf dem Hofe," antwortete einer der Arbeiter.

Birger folgte der gegebenen Weisung.

In einer blauen Bluse und weißen Beinkleidern, eine Maurerschürze vorgebunden, eine kleine Mütze schief auf das braune Haar gesetzt, stand hier ein junger Bursche von sechzehn Jahren, groß und schlank von Wuchs, und sprach mit einem ältern Herrn. Als er Birger gewahrte, verabschiedete er sich schnell und ging ihm entgegen.

Die beiden Jünglinge wechselten einen Handschlag, worauf der junge Maurer Birgers Arm nahm und sagte:

"Nun wahrhaftig, das freut mich, daß Du mich aufgesucht hast. Nun wollen wir es uns im Genuß des Wiedersehens recht wohl sein laffen. — Du genirst Dich doch nicht, mit einem Maurer Arm in Arm zu gehen?" setzte er lachend hinzu.

„Was ist das für ein Geschwätz, Alrik?"

„Ei, Du bist jetzt Oberst Werners Sohn, mein lieber Birger, und das klingt ganz anders, als da Du noch der Sprößling des Soldaten Ek hießest. Wäre es da zu verwundern, wenn es Dich unangenehm berührte, mit einem solchen Kameraden wie ich auf der Straße herumzugehen? Aber was fehlt Dir? Du siehst meiner Seele aus, als ob Du alle Courage verloren hättest, seitdem Du eines so reichen Mannes Kind geworden bist?"

„So verhält es sich auch, lieber Alrik. Früher war ich arm, das ist wahr, aber ich durfte glauben, wenn auch von geringer, doch ehrlicher Herkunft zu sein. Jetzt schäme ich mich darüber, daß ich des reichen Obersts unehlicher Sohn bin."

„Aber er hat Dich adoptirt und Dir seinen Namen gegeben."

„Meine Mutter war aber doch nicht seine Ehefrau."

„Bah! Wozu dient es, darüber nachzugrübeln? Was hat es zu bedeuten, was Vater oder Mutter war, wenn man nur wie Du ein hübscher und prächtiger Junge ist?"

„So sagst Du, denn Du hast ehrliche und achtungswerthe Eltern," erwiederte Birger, indem er bekümmert vor sich hinschaute.

„Laß' uns nicht weiter von der Sache reden, sondern erzähle mir Etwas von Deiner Schwester, dem kleinen Wildfang, den ich vergangenes Jahr sah, als ich mit meiner Mutter auf Besuch bei Deinem Großvater war."

„Meinem Großvater," rief Birger; „jetzt verstehe ich, warum der alte Mann mich niemals sehen wollte. Ich war ja ein lebender Zeuge von seiner Tochter Schande."

„Ach was, Birger, hör' auf mit dergleichen Litaneien und sag' mir Etwas von Deiner kleinen Schwester."

„Von ihr ist nicht viel zu sagen. Sie ist gemüthskrank."

Alrik blieb stehen und starrte Birger an; darauf rief er:

„Unmöglich! Das fröhliche, wilde Kind, welches so flink, frisch und blühend aussah?"

„Ist jetzt ein kleines bleiches, schwaches und gemüthskrankes Mädchen."

Die beiden Jünglinge gingen eine Weile schweigend neben einander her.

„Was hat diese plötzliche Veränderung hervorgebracht?" fragte endlich Alrik wieder.

„Der unglückliche Vorfall, welcher meinem Großvater das Leben kostete. Gabriella war dabei gegenwärtig und erschrak dermaßen, daß sie eine Gehirnentzündung davon bekam."

„Das war sehr betrübt; aber wer kann für Unglück? Darum fort mit allen traurigen Gedanken! Gehen wir nach dem Hopfengarten, um Musik zu hören."

VI.

Zwei Tage darauf setzte Birger seine Reise nach Upsala fort. Alrik, welcher Baumeister oder Architekt werden wollte, blieb in Stockholm, um seine Lehrjahre zu beschließen.

Ehe wir weiter gehen, wollen wir nach üblicher Weise erst eine kleine Aufklärung darüber geben, weß Geistes Kind Alrik war und in welchem Verhältniß er zu Birger stand.

Alrik war der älteste Sohn von Pastor Welwort in der Gemeinde Wetters. Der Pastor selbst war vor sechs Jahren gestorben und hatte bei seinem Hingang eine Wittwe mit zwei Söhnen hinterlassen.

Alrik war damals zehn, der jüngere Bruder Ernst neun Jahre alt.

Von dem Ueberschuß aus dem sogenannten Gnadenjahr und dem Erlös aus ihrem Hause kaufte die Pastorin ein Gütchen Namens Elbaka unweit Wetters.

Hieher zog sie mit ihres Mannes Schwester, ihren beiden Söhnen und ihrem Pflegesohn Birger, welcher in gleichem Alter mit Alrik stand und von Frau Welwort bei Carin Starks Tod als eigenes Kind angenommen worden war. Unter tausend Kümmernissen und Entbehrungen gelang es ihr, die drei Knaben zur Schule anzuhalten.

Alrik, von heftiger, lebhafter und excentrischer Gemüthsart, war, obwohl an Herz und Geist reich begabt, gerade so ein Kind, das bei einer Mutter Unruhe und Besorgniß wegen der Zukunft erregen mußte. Sein selbstständiger und stolzer Charakter, sein lecker und unbeugsamer Sinn bewirkte, daß er die Freiheit über Alles liebte und jede Fessel, die man ihm anlegen wollte, mit Abscheu betrachtete.

Sein Bruder dagegen war still, schweigsam und verschlossen.

Als Birger in einem Alter von fünfzehn Jahren sich durch Stundengeben Etwas zu den Kosten seiner Erziehung beizutragen bemühte, erwachte bei Ulrik der Gedanke, daß er seiner Mutter, bei deren großen Sorgen nicht länger noch die Last seines Unterhalts aufbürden dürfe. Er wollte selbst seine Erziehung vollenden und sich eine eigene Existenz schaffen.

Kaum war diese Idee in dem Gehirn des Jünglings aufgetaucht, so schritt er auch zu deren Ausführung. Er begab sich zu Fuß von Upsala nach Stockholm und begann dort als Maurerlehrling zu arbeiten. Seine Absicht war, wie bereits erwähnt, Architekt zu werden.

Sein Bruder Ernst setzte dagegen seine Schulstudien fort, lernte fleißig und lebte sparsam. Er hatte sich vorgenommen, Feldmesser zu werden.

So war die Zeit vergangen, bis Birger zum Oberst berufen wurde und sofort dessen Adoption erfolgte; und auf der Rückreise nach Upsala geschah es, daß beide Brüder zusammentrafen, um sich hernach wieder zu trennen, und zwar auf längere Zeit, als beide berechnet hatten.

Einige Wochen nach Birgers Besuch in der Hauptstadt reiste Ulrik, und zwar eines Kirchenbauwesens halber, nach einem Landort. Erst ein Jahr darauf kehrte er nach Stockholm zurück, folgte aber, nach einem Aufenthalt von wenigen Tagen dem Architekten Professor X. in der Eigenschaft eines Zeichners nach Berlin, und dort lassen wir ihn bis auf Weiteres, um in späterer Zeit mit unserem Helden wieder zusammenzutreffen.

VII.

Sechs Jahre waren seit des alten Starks Tod vergangen.

Der Oberst und seine Tochter verweilten noch immer im Ausland.

Birger hatte diese Zeit zwischen emsigen Studien und kurzen Besuchen bei seiner Pflegemutter, der Pastorin Welwort, getheilt. Er war jetzt Notar beim Hofgericht.

Einige Tage vor Sommers Mitte, als Birger während der Ferien zu Ekbaka, oder wie er es nannte, daheim sich aufhielt, langte ein Brief von dem Oberst an, worin der Wunsch ausgedrückt war, Birger sollte auf längere Zeit zu einer Reise ins Ausland um Urlaub einkommen, sofort unverweilt dieselbe antreten und mit dem Oberst, der sich gerade in Berlin aufhielt, zusammentreffen.

Einen Monat später sahen sich Vater und Sohn wieder, Birger aber hatte den Oberst beinahe nicht erkannt, so groß war die Veränderung, welche mit ihm vorgegangen.

Das dunkelbraune Haar war schneeweiß, die

stattliche Haltung gekrümmt, und das scharfe Auge matt und düster geworden. Er hatte sich in einen Greis verwandelt.

„Ich wünsche," äußerte der Oberst gegen seinen Sohn, „daß Du ein paar Jahre in Europa herumreisest. Willst Du als Jurist etwas Anderes, als einer von jenen Dutzendschreibern werden, welche die Gerichtslokale bevölkern, so mußt Du Dir genügende Kunde von der Gesetzgebung jedes Landes verschaffen und zugleich möglichst viel Menschenkenntniß Dir einzuthun suchen. Beides erlangt man durch Reisen. Ein Richter muß vor allen Dingen ein aufgeklärter Mann sein und vollkommene Herrschaft über seine Leidenschaften sich erworben haben. Vermagst Du dein eigenes Herz nicht zu regieren, dann darfst Du Dich nicht auf den Richterstuhl setzen und über Andere ein Urtheil fällen. Im Uebrigen," setzte der Oberst hinzu, indem er sich mit der Hand über die Stirne fuhr, „wäre es wünschenswerth, wenn jeder junge Mann lernte, daß zügellose Nachgiebigkeit gegen unsere Begierden zu großem Unheil führt, daß wir oft die Verirrung des Augenblicks mit dem Verlust unseres innern Friedens bezahlen müssen. Doch das ginge noch an, wenn wir nur selbst darunter zu leiden hätten; aber es gibt noch etwas Schlimmeres, und das ist, daß unsere Fehler auch zu dem Unglück und dem Leiden derer, die wir lieben, den Grund legen. Bedenke darum, wenn die Versuchung Dich vom Pfade des Rechts hinweglocken will, daß Du selbst ein Kind der Verirrung bist, und laß Dich dadurch abhalten, deinerseits andere Frauen ebenso unglücklich zu machen, als deine Mutter geworden ist.

Hier trat eine Stille ein, welche Birger durch eine Erkundigung nach Gabriella unterbrach.

„Willst Du sie sehen?" fragte der Oberst, anstatt darauf unmittelbar zu antworten.

„Ja, es würde mich freuen, denn aus deinem Briefe, Papa, habe ich ersehen, daß sie gesund ist."

„Gesund!" wiederholte der Oberst mit einem bittern Lächeln. „Das arme Mädchen, sie wird niemals wiederum werden, was sie einst gewesen, ein gesundes, fröhliches und blühendes Kind."

Er öffnete die Thüre und rief Gabriella.

Nach einigen Augenblicken trat ein kleines schlankes Mädchen ein. Der Gang war langsam, und ihren Bewegungen fehlte es an allem Gepräge jugendlicher Lebhaftigkeit. Sie ging auf ihren Vater zu, ohne auf Birger zu achten, welcher mit Aufmerksamkeit das sechszehnjährige Kind betrachtete.

„Du hast mich gerufen, Papa, was willst Du?"

Ihre Stimme war schwach und hatte einen eigenthümlich wehmüthigen Tonfall.

„Ich wünsche, daß Du deinen Bruder Birger begrüßest," antwortete der Oberst, seiner Tochter goldgelbe Locken streichelnd; „Du hast ja das Verlangen ausgesprochen, ihn zu sehen."

„Allerdings", erwiederte Gabriella indem sie mit einem Ausdruck der Ermüdung ihren Kopf an des Vaters Schulter lehnte und ihren Arm um seinen Hals legte.

„Drehe Dich um, so hast Du ihn vor Dir," sagte der Oberst, ihren Kopf emporhebend.

„Er ist hier!" rief Gabriella und wandte sich zu Birger um.

Der junge Mann war mit gespannter Aufmerksamkeit allen ihren Bewegungen gefolgt, und ein Ausdruck inniger Theilnahme weilte auf den schönen und ehrlichen Zügen; als aber Gabriella ihr feines, bekümmertes Antlitz ihm zukehrte und ein paar milde blaue Augen, denen es an allem Glanz gebrach, auf ihn heftete, da gaben sich in der Miene des Bruders die Zeichen wirklichen Schmerzes zu erkennen.

Der Oberst, welcher den beinahe peinlichen Eindruck bemerkte, den sie auf Birger hervorbrachte, stieß einen Seufzer aus und sagte:

„Das, Birger, ist deine Schwester, bei welcher Du einmal Vatersstelle vertreten sollst."

„Du bist also Birger," fiel Gabriella ein und reichte ihm beide Hände. Birger faßte dieselben mit Heftigkeit, zog sie dann in seine Arme und sprach mit jugendlicher Lebhaftigkeit und Wärme.

„Ach! ich will Dir beides, Vater und Bruder sein, armes, armes Kind; und nicht wahr, Gabriella, Du wirst mich recht herzlich lieb haben."

Das Mädchen legte den Arm um seinen Hals, lehnte den Kopf an denjenigen des Bruders und flüsterte:

„Gabriella darf Niemand lieb haben."

In diesem Moment fielen ihre Augen auf Birgers Weste mit breiten, purpurrothen Sammeträndern; sie stieß einen durchbringenden Schrei aus und rief:

„Blut, Blut!"

Dann fiel sie besinnungslos in Birgers Arme.

Während sie noch in Ohnmacht lag, bat der Oberst seinen Sohn, die Weste zu wechseln, damit nicht die rothen Ränder ihr wiederum das Andenken an Starks blutigen Leichnam zurückrufen möchten.

Birger blieb noch einige Zeit bei seinen Verwandten. Ganze Tage beschäftigte er sich mit Gabriella und suchte dadurch, daß er ihrem Gedankengang folgte, sie zu zerstreuen und Etwas ausfindig zu machen, was das Interesse des armen Kindes erregen konnte.

Eines Tags äußerte er gegen den Oberst:

„Hast Du niemals versucht, Papa, was Arbeit und Erwerbung von Kenntnissen zur Verminderung von Gabriella's Melancholie vermögen könnten?"

„Zur Zeit des unglücklichen Ereignisses mit Stark konnte sie weder lesen noch schreiben; aber sobald sie den Gebrauch ihres Verstandes wieder erlangte, hielt ich ihr Lehrerinnen für alle Fächer, worin sich zu unterrichten den Frauen Noth thut. Sie lernte, was man ihr vorgab, aber mit derselben Theilnahmlosigkeit, womit sie alles Andere angreift. Sie widersetzt sich niemals dem Willen Anderer, sondern hält sich im Allgemeinen vollkommen passiv. Es geschieht dieß aber in einer Art und Weise, woraus deutlich hervorgeht, daß sie sich einem unangenehmen Zwang unterwirft. Als ich nun nach drei Jahren sah, daß sie müde, gleichgültig und ganz mechanisch ihre Lectionen betrieb, da stellte ich dieselben ein, um das arme Kind nicht unnöthiger Weise zu quälen."

„Würdest Du mir nicht erlauben, Papa, daß ich, so lang wir beisammen sind, mich gewissermaßen zur Zerstreuung mit Gabriella's Unterricht befasse? Ich glaube wirklich, daß es mir gelingen soll, einiges Interesse bei ihr für das Lernen zu erwecken."

„Versuche es," antwortete der Oberst.

Birger begann nun an Gabriella's intellectueller Erziehung zu arbeiten, und zwar auf eine ganz andere Weise, als dieß gewöhnlich geschieht. Er machte Spaziergänge auf das Land mit ihr, sprach von der Natur, und er war in der That so glücklich, einen Augenblick von Aufmerksamkeit, oder einen Schimmer von Wißbegierde ihr abzugewinnen.

Aber leider war es eben nur ein Augenblick, und Nichts regte sich von einem durchgreifenden und lebhaften Verlangen, sich der träumerischen Bekümmerniß, in welche sie versunken war, zu entziehen.

Nach Verfluß einiger Wochen hatte jedoch Birger bei seinen Bemühungen es so weit gebracht, daß Gabriella mit einem Schein von Vergnügen einige Volksweisen spielte und sang, mit Interesse auf das hörte, was er ihr vorlas oder mündlich mittheilte. Ja es konnte wohl geschehen, daß sie kam und ihn bat, mit ihr zu lesen oder zu singen.

„So waren zwei Monate vergangen, und Birger sah mit inniger Zufriedenheit, daß die beinahe seelenlosen, bekümmerten Züge ein Gepräge von Leben erhalten hatten. Zuweilen traf es sich wohl auch, daß sie durch ein mattes Lächeln erhellt wurden.

Täglich mit diesem sanften, kummervollen Kinde zusammen zu leben, ohne es zu lieben, war unmöglich. Auch hatte Birger mit seinem vollen, warmen und gesunden Herzen sich fest an seine junge Schwester angeschlossen. Die befriedigenden Resultate, wovon seine Bemühungen, die Schwermuth, welche wie ein schwarzer Schleier ihre Seele umhüllte, zu verscheuchen, begleitet waren, erfreuten ihn dermaßen, daß jeder Schimmer von Theilnahme oder Geistesthätigkeit, welchen Gabriella zu erkennen gab, ihn glücklich machte.

Birger gedachte eben bei dem Oberst, welcher den Winter in Italien zubringen wollte, um die Erlaubniß anzusuchen, ihn dorthin begleiten zu dürfen, indem er nicht zweifelte, durch ein längeres Zusammenleben mit Gabriella sie völlig dem unseligen Gemüthszustande, worin sie befangen war, entreißen zu können, als ein unvorhergesehenes Ereigniß diesen Plan Birgers ganz und gar vereiteln sollte.

Eines schönen Abends zu Ende des Sommers machten Birger und Gabriella einen Spaziergang unter den Linden. Birger erzählte ihr einige geschichtliche Anekdoten von Erik XIV., als Gabriella plötzlich mit einer Frage einfiel.

„Warum war Erik so unglücklich in Allem, was er unternahm?"

„Darum, weil er sich nicht von der Vernunft, sondern von seinen Launen und Einfällen leiten ließ," antwortete Birger, ganz betroffen darüber, daß Gabriella eine solche Frage aufwarf.

„Nein, das glaube ich nicht," entgegnete Gabriella, gedankenvoll vor sich hinsehend.

„Nun, so laß' hören, was Du als Ursache betrachtest," erwiederte Birger, wahrhaft neugierig auf Gabriella's Antwort, denn sie sprach im Allgemeinen höchst wenig; und in der Nähe einer Bank angelangt, fügte er hinzu:

„Setz' Dich hier nieder."

Das junge Mädchen that, wie er gesagt, und zeichnete mit dem Sonnenschirm Figuren in den

Sand. Es sah aus, als ob sie die Frage vergessen hätte, weshalb Birger wiederholte:

„Nun, warum glaubst Du, daß Erik unglücklich war?"

„Ja, siehst Du, Birger," begann Gabriella mit einem eigenthümlich zögernden Ton und träumerischem Blick, „als ich französisch lernte, las ich einmal ein Mährchen, das Einzige von allem Gelesenen, das mir in der Erinnerung geblieben ist. Es handelte von einer Prinzessin, welche dem Unglück anheimgefallen war. Alles, was sie unternahm, ging schlecht; Alle, welche sie lieb hatten, wurden unglücklich, und Alles, was sie anrührte — Blumen, Pflanzen und Thiere — verfielen dem Verderben. Alle Kleider, die sie anzog, nahmen eine häßliche Form an, und Alle vermeintliche Freude wurde in Kummer für Andere und für sie selbst verwandelt. Sie stand unter dem Zauber des Unglücks. Ein solches Unglückskind war gewiß Erik und..."

Gabriella schwieg. Eine Wolke lagerte sich auf ihrem Angesicht.

„Warum brichst Du ab?" fragte Birger, ganz überrascht, daß seine Schwester mit so vielem Interesse an ein Mährchen zurückdenken und davon reden konnte.

Gabriella legte ihre Hand auf seinen Arm und flüsterte:

„Ich bin auch so ein verzaubertes Kind, und darum habe ich das Mährchen nicht vergessen. Du wirst erfahren, daß Allen, die mich lieb haben, ein Unglück widerfährt, daß Alles, was ich berühre, eine häßliche Form annimmt, oder zu irgend etwas

Schlimmem führt. Ja, ja, ich bin ganz und gar ein Kind des Unglücks, und beßhalb folgt Dir, so lang Du bei mir bist, immerdar das Unglück."

Birger öffnete den Mund, um Gabriella zu widerlegen, wurde aber durch einen Ausruf und die Worte unterbrochen:

„Nehmt euch in Acht vor dem scheu gewordenen Pferde!"

Birger erhob sich, wurde aber im nächsten Augenblick zu Boden geworfen, und ein heftiger, unleidlicher Schmerz am Kopfe beraubte ihn der Besinnung, gerade als ein Schrei der Verzweiflung aus Gabriella's Munde an sein Ohr schlug.

VIII.

Mehrere Tage lang schwebte Birger in wirklicher Lebensgefahr. Er war von dem scheu gewordenen Pferde zu Boden geworfen worden und hatte dabei eine schwere Wunde am Kopf erhalten.

Gabriella war wieder, als sie ihren Bruder besinnungslos und blutend daliegen sah, in jene wilde Verzweiflung verfallen, welche zuweilen an Geistesstörung grenzte und mehrere Tage anhielt.

Als an deren Stelle wieder die gewöhnliche dumpfe Melancholie trat, befand sich Birger so weit auf dem Weg der Besserung, daß alle Gefahr für sein Leben beseitigt war, und Gabriella saß nun an seinem Krankenbette, aber bleicher und bekümmerter als je.

Sie sprach nicht eher, als bis der Bruder sie anredete, und auch da waren die Antworten einsylbig; aber sie konnte Stunden lang bei ihm sitzen und seine Hand streicheln oder ihre Stirne darauf legen.

Eines Tags blickte sie hastig zu ihm auf und sagte leise:

„Das war meine Schuld."

„Aber, geliebtes Schwesterchen, für Unglücksfälle kannst Du nicht."

„Doch, Birger, ich habe Dir ja gesagt, daß ich dem Unglück verfallen bin," flüsterte sie und verbarg das Angesicht in den Händen.

Vergeblich suchte Birger ihr die Unrichtigkeit einer solchen Idee darzuthun und den Vorfall mit dem Pferde auf eine natürliche Weise zu erklären. Sie schüttelte blos den Kopf und antwortete:

„Es ist nicht so, wie Du sagst, sondern ich bin es, die das Unglück mit sich bringt. Ich bin die Urheberin alles Unheils. Aber sprich nicht davon, Papa würde sonst noch verstimmter werden, als er bereits ist."

„Wenn Du heiter würdest, verschwände sein Kummer," wendete Birger ein.

„Ich heiter?" entgegnete Gabriella kopfschüttelnd. — „Wer unter dem Zauber des Unglücks steht, kann nicht heiter sein; denn da gibt es immer etwas Schreckliches, woran er zu denken hat. — Da sitzt es," fügte sie hinzu und legte die Hand an die Stirne.

„Was ist es denn, das hier sitzt?" fragte Birger.

„Die Erinnerung an Blut und all das Böse, das ich gethan habe."

„Kind, Du hast niemals etwas Böses gethan."

„Ich nichts Böses gethan!" rief Gabriella und heftete einen verzweifelten Blick auf Birger. Dann ließ sie den Kopf sinken und weinte, ohne daß Birger ihr ein einziges Wort entlocken konnte, oder sie zu trösten vermochte.

Ein paar Wochen später saßen der Oberst und sein Sohn beisammen. Sie redeten von Gabriella. Birger äußerte:

„Aber was ist eigentlich der Grund, daß ihre Phantasie auf alle diese finstere Einbildungen geräth, welche ihre junge Seele beherrschen? Unmöglich kann es einzig und allein der Schrecken sein."

„Wahrscheinlich ist es eine daraus entstandene fixe Idee," antwortete der Oberst düster. „Denn als der alte Stark, dein Großvater, das Unglück hatte, sich mit der Feuerwaffe selbst zu tödten, war, wie Du weißt, Gabriella im Zimmer, und was noch schlimmer, es geschah gerade bei Untersuchung des Schlosses von einem kleinen Gewehr, welches Gabriella gehörte und von dem Alten Tags zuvor geladen worden war, um das Mädchen damit nach der Scheibe schießen zu lassen. Als Gabriella nach der Gehirnentzündung in eine Art von Irrsinn verfiel, glaubte sie mitunter, sie habe deinen Großvater erschossen, und . . . ."

Hier wurde der Oberst von Gabriella unterbrochen, welche von Beiden unbemerkt in das Zimmer getreten war. Sie trat auf Birger zu, legte ihre Hände auf seine Schultern und sagte, indem sie ihre bekümmerten Augen auf ihn heftete:

„Du bist also der Sohn von Starks Tochter?"

„Ja," antwortete Birger mit einer dunkeln Röthe

auf der stolzen Stirne, denn wiederum erhob sich vor seiner Seele die Erinnerung daran, daß er ein Kind der Schande war.

„Meines Vaters Sohn, Carins Sohn … Stark's Tochtersohn und mein . . . . Bruder! . . . ."

Indem sie mit einem Schrei der Verzweiflung diese Worte ausstieß, stürzte sie aus dem Zimmer. Birger wollte ihr folgen, aber der Oberst hielt ihn durch das Gebot zurück:

„Bleibe!"

Dann ging der tiefbetrübte und hart gestrafte Vater selbst zu seiner Tochter hinein.

Eine Woche verfloß, während welcher Birger Gabriella nicht zu sehen bekam. Eines Tags forderte der Oberst ihn auf, seine Reise nach England anzutreten und eine kostbare, für seine Zukunft gewinnreiche Zeit nicht durch längeres Verweilen in Berlin zu vergeuden.

Vergeblich machte Birger einige Einwendungen; der Oberst sprach seinen Willen aus, und der Sohn mußte gehorchen.

Ohne Gabriella, welche er von ganzem Herzen liebgewonnen hatte, noch einmal zu sehen, reiste Birger von Berlin ab. Das traurige Bild des ebenso geliebten, als unglücklichen Kindes verweilte wie eine wehmüthige Erinnerung vor seiner Seele.

IX.

Wenige Wochen nach Birgers Abreise von Berlin verließ auch Oberst Werner mit seiner Tochter Preußen und schlug den Weg nach Frankreich ein.

Der Oberst hatte auf Anrathen des Arztes seinen Plan geändert und anstatt nach Italien zu reisen und auf einer ländlichen Villa seinen Aufenthalt zu nehmen, gedachte er nunmehr, jenem Rathe zufolge Gabriella in das Gesellschaftsleben einzuführen.

Gabriella's Mutter, welche aus einer angesehenen französischen Adelsfamilie stammte, hatte ihrer Tochter eine ziemlich beträchtige Verwandtschaft in dem entzückenden und brillanten Paris als Erbtheil hinterlassen.

In den Kreis dieser Verwandten und mitten in den Schoos der Freude wollte der Oberst seine sechszehnjährige Tochter einführen, welche mit ihrem anziehenden Aeußern und ihres Vaters großem Vermögen darauf rechnen durfte, von den Verwandten ihrer Mutter gut aufgenommen zu werden, wie es auch wirklich der Fall war.

Die Lustbarkeiten zu Paris waren in vollem Gang; man schien nur zu leben, um sich zu ergötzen und sein Geld zu verschleudern.

Bei dem Vicomte von Parrue, einem von Gabriella's Cousins mütterlicherseits, gab es einen glänzenden Ball, und Oberst Werner mit seiner Tochter war auch daselbst.

Jetzt wie immer, wenn sie in Gesellschaft war, saß Gabriella schweigsam in dem verborgensten Winkel des Salons. An ihrer matten und gleichgültigen Miene ließ sich erkennen, daß diese Lust, diese Pracht, diese Menschenmasse, welche sie umgab, Gegenstände waren, bei welchen nicht einmal ihr Blick verweilen konnte.

Der Oberst hatte, als er sie zum ersten Mal in

eine größere Gesellschaft oder zu einem glänzenden Fest führte, geglaubt, sie würde zum Mindesten sich durch die hier herrschende Lust überrascht fühlen, und diese müßte immerhin den Reiz der Neuheit für sie besitzen und somit im Stande sein, ihre Gedanken auf Augenblicke von dem ewigen kummervollen Kreislauf, den sie angenommen hatten, hinwegzureißen. Er erkannte jedoch mit wahrer Angst, daß sie nicht die Macht hatte, nur auf eine Sekunde die bekümmerte Miene zu beleben oder aufzuklären. Forderte man sie zu einem Tanze auf, so tanzte sie, aber mit derselben passiven Gleichgültigkeit, womit sie Alles that, was man von ihr begehrte.

Am oben erwähnten Abend hatte sie sich in eine Fensternische zurückgezogen, wo sie hinter den wallenden Gardinen halb verborgen saß. Ihr Blick folgte mit dem Ausdruck der Zerstreutheit den Tanzenden, und es war ersichtlich, daß dieselben an ihr vorüberschwebten, ohne deren Aufmerksamkeit zu fesseln.

Plötzlich fuhr sie bei dem Laute zweier Stimmen, welche sich in ihrer Nähe vernehmen ließen, zusammen. Gewiß wäre der Laut von Stimmen nicht im Stande gewesen, sie aus der Träumerei, worein sie versunken war, zu reißen, hätten sie nicht in einer ihr von Kindheit an so wohlbekannten Sprache geredet; einer Sprache, von welcher sie jetzt sehr selten selbst Gebrauch machte oder machen hörte, nämlich Schwedisch.

Sie lauschte diesen Worten, welche für ihr Ohr so angenehm, und doch so schmerzlich ertönten.

„Was in Gottes Namen hast Du nur gedacht,

daß Du mich als Deinen Bruder vorstelltest?" äußerte eine schöne, klangvolle Stimme.

„Still, mein lieber Ernst, Du hast mir das Versprechen gegeben, auf unserer Reise Dich in meinen Willen zu fügen, und ich meinerseits habe Dir gelobt, deine Reise sollte in jeder Hinsicht lehrreich für Dich werden. Darum bist Du mein Bruder, und in dieser Eigenschaft stehen Dir alle Salons offen."

„Mag sein, mein lieber Graf. Aber wer ist die traurige Gestalt, welche uns gerade gegenüber steht und hieher starrt? Ich glaube, wir sind es, die er betrachtet."

„Ganz und gar nicht. Es ist Jemand, der hier im Fenster hinter den Gardinen sitzt," antwortete derjenige, welchen er als Grafen betitelte, lachend.

„Vermuthlich eine Französin, die damit kokettirt, daß sie sich hier versteckt. Der düstere Herr ist Monsieur Corsin, ein Cousin von unserem Wirthe."

„Komm', laß uns vorbeigehen, um zu sehen, ob Jemand in der Fensternische sitzt."

Gabriella hatte mehr auf den Laut der Worte selbst, als auf den Inhalt des Gesprächs gehört, und es fiel ihr also gar nicht ein, daß es sich um ihre Person handelte, und daß Monsieur Corsin's Aufmerksamkeit ihr galt.

Louis Corsin war auch ein Cousin von Gabriella, und obwohl sie oft mit ihm zusammentraf, war sie doch so vollkommen fremd in der Außenwelt, daß sie es nicht einmal begriff, oder sich denken konnte, wie irgend ein Mann ihr seine Aufmerksamkeit widmen sollte. Die Liebe war für das in seine trüben Phantasien versunkene sechszehnjährige Kind etwas selbst dem Namen nach Unbekanntes.

Allen Andern war jedoch nicht entgangen, daß Louis Corsin schon bei der ersten Begegnung mit Gabriella ein lebhaftes Interesse für sie gefaßt hatte.

Doch kehren wir zu dem Ball zurück.

Die beiden Schweden gingen langsam am Fenster vorbei. Der Eine von Ihnen blieb gerade vor demselben stehen und ließ sich in ein Gespräch mit dem Vicomte von Parrue ein, während sein Auge auf Gabriella gerichtet war, welche er auf den ersten Blick entdeckt hatte.

Der wehmüthige Blick des jungen Mädchens haftete unwillkührlich auf demselben, und zum ersten Mal in ihrem Leben dachte sie:

„Wie schön er ist!"

„Ein wunderbares Antlitz, das!" sprach der junge Mann seinerseits im Stillen und betrachtete Gabriella. „Wäre es möglich, daß sie eine Französin ist?"

Dann wandte er sich an den Vicomte und fragte ihn, wer Gabriella wäre.

„Mademoiselle Werner, Ihre Landsmännin und meine Cousine," lautete die Antwort. „Wünschen Sie ihr vorgestellt zu werden?"

„Ja wohl!"

Im nächsten Augenblick hatte Vicomte von Parrue den Grafen Stralsvärd Gabriella vorgestellt.

Der Graf war ein junger Mann von ungewöhnlich vortheilhaftem Aussehen und höchst einnehmenden Manieren, mit allen Eigenschaften begabt, welche anziehen und Gefallen erregen können.

Obwohl Gabriella schüchtern und verschlossen war, gelang es dem jungen Grafen dennoch, ihr einzelne Worte zu entlocken.

„Tanzen Sie nicht?" fragte er.

„Nicht gern."

„So jung, und keine Freundin vom Tanzen," antwortete der Graf, sie mit Verwunderung betrachtend.

Gabriella schwieg.

„Entschuldigen Sie, liebe Cousine, wenn Sie diesen Walzer noch frei haben, so schenken Sie mir denselben," sprach eine tiefe Baßstimme hinter Gabriella.

Sie fuhr zusammen und drehte sich um. Der Graf schaute auf.

Vor ihnen stand Monsieur Corsin. Seine schwarzen Augen weilten mit einem eigenthümlich düstern und finstern Ausdruck auf dem jungen Schweden.

Ohne eine Antwort zu geben, erhob sich Gabriella und reichte mit einer matten Miene ihrem Cousin die Hand.

Der Graf beharrte an seinem Platze und sah ihnen nach, während er dachte:

„Was ist an diesem Mädchen, das eine so fesselnde Wirkung auf mich ausübt? Es ist etwas Mystisches, das zur Phantasie spricht. Wunderbar! Ich bin noch mit keiner Frau zusammengetroffen, welche einen so seltsamen und plötzlichen Eindruck auf mich gemacht hat."

Der Graf blieb unbeweglich sitzen und betrachtete die Tanzende, vielleicht in der Hoffnung, Monsieur Corsin würde am Schluß des Walzers seine Dame auf ihren Platz zurückführen; aber dazu war dieser gegen den schönen Schweden allzu feindselig gestimmt.

Als der Walzer zu Ende war, und der Graf bemerkte, wie Gabriella von ihrem Kavalier in eines der anstoßenden Gemächer geführt wurde, erhob er sich, um den Gegenstand seines Interesses aufzusuchen.

Er fand Gabriella neben einem hochgewachsenen und stattlichen Greise stehen und hörte sie zu diesem sagen:

„Papa, ich bin müde."

„Willst Du nach Hause fahren?"

„Ja, wenn Du nichts dagegen hast."

„Du bist also hier nicht vergnügt?"

„Vergnügt, Papa!" wiederholte sie mit bekümmertem Lächeln. „Ich fühle mich sehr unglücklich hier."

Im nächsten Augenblick sah der Graf sie den Salon verlassen.

X.

Wir wollen jetzt auf eine Weile dem Oberst und Gabriella nach ihrer Wohnung folgen.

Sie waren soeben daselbst angekommen. Der Oberst saß auf einem Sopha und hatte seine Tochter auf die Kniee genommen. Sie hatte den Arm um seinen Hals geschlungen und weinte heftig.

Der alte Mann streichelte mit einem unbeschreiblich liebevollen Ausdruck im Angesicht das lockige Haupt des Mädchens, während er in sanftem Tone zu ihr sprach:

„Aber, warum, mein geliebtes Kind, ist es Dir so zuwider, unter andern Menschen zu sein? Kannst Du es nicht versuchen, Dich für diese Freuden zu interessiren, welche zu Deinem Alter sich schicken?" — „Was ist es, daß Dir dergleichen unmöglich macht? Sprich aufrichtig aus, was Dich quält. Du weißt ja, Gabriella, daß bein Vater nur einen Gedanken hat, nämlich Dir das Leben so angenehm als möglich zu machen."

„Papa!" rief Gabriella und schaute ihrem Vater ins Angesicht, „wie gut ist es von Dir, daß Du keinen Abscheu vor mir hast."

„Welche wunderliche Gedanken, Kind! Ja aber ich Dich so innig liebe und nur beklage, daß ich Dir keine Freude machen kann! Sage mir darum, was wünschest Du?"

„Aber ich werde Dich betrüben."

„Nichts kann mich tiefer betrüben, als bein Kummer."

„Und das Bewußtsein, daß Du eine Mörderin zur Tochter hast!" flüsterte Gabriella unter einer Thränenfluth und verbarg ihr Antlitz an des Vaters Brust. „So oft Du mich ansiehst, mußt Du denken: Mein Kind hat einen Mord begangen. Schweige, Papa, laß mich einmal ausreden, dann werden wieder Jahre vergehen, ehe ich Dir weiter erzähle, was in meinem Innern vorgeht. Ich weiß, daß mein Anblick Dir Leiden verursacht, daß nur deine grenzenlose Liebe Dir die Kraft gibt, dieß zu ertragen; und anstatt deine höchste Freude zu sein, bin ich bein bitterstes Kreuz. Dieses Bewußtsein brennt hier."

Sie legte die Hand auf die Stirne und fuhr dann fort:

„Niemals werde ich aus meinem Leben die schreckliche Erinnerung, daß es mit Blut befleckt ist, hinwegräumen können. Wenn ich Dir unter alle diese Menschen folge, die ich lieb haben möchte, von welchen ich aber durch das Verbrechen, das auf mir lastet, gleichsam ausgestoßen bin; wenn Freude, Tanz und Musik mich umgeben, da sehe ich nur ein Bild, Starks blutigen Leichnam, welcher mich gleichsam fragt, mit welchem Recht ich mich unter allen diesen schuldlosen Wesen bewege, und ich höre nur einen Lauten Knall des Schusses, womit ich den alten treuen Pfleger meiner Kindheit mordete."

Gabriella weinte krampfhaft.

Der Oberst suchte sie durch seine liebreichen Worte zu beruhigen, aber sie unterbrach ihn:

„Siehst Du, Papa, wohin ich auch gehe, was ich vornehmen mag, im Wachen und im Schlafe, überall folgt mir Starks Schatten. Wenn ich unter andern Menschen bin, welche in vollen Zügen das Leben genießen, da kommt es mir vor, als ob mein unsichtbarer, mein grauenvoller Verfolger darüber erzürnt wäre. Wenn ich wieder mit Dir allein bin, fern von allen Lustbarkeiten, nur in Gesellschaft mit meinem Kummer, da ist es, als ob der blutige Schatten darüber erfreut wäre. Wenn ich, wie in Berlin, da Birger mir vorlas und sich mit mir beschäftigte, ihn vergesse, so straft er mich dadurch, daß derjenige, welcher meine Gedanken und meinen Kummer von meinem Verbrechen ablenkt, von irgend einem Unheil betroffen wird. Daher kam der Unglücksfall mit Birger, um mich daran zu mahnen, daß ich kein Recht habe, an etwas Anderes, als an die Schuld, welche auf meinem Herzen lastet, zu denken. Laß mich deßhalb einsam mit Dir und mit meiner furchtbaren Erinnerung leben. Du willst mich durch Vergnügungen zerstreuen. Ach! es wird unter diesen Menschen, welche nicht gleich mir eines Verbrechens schuldig sind, nur noch schlimmer in mir. Ich beneide sie wegen ihrer Reinheit von Frevel, und es kommt mir so kläglich vor, wenn ich daran denke, daß Alle außer mir das Recht besitzen, fröhlich zu sein und einander lieb zu haben. Ich bin ein Unglückskind und seitdem, seitdem muße ich mich vor allen Blicken verbergen, denn ich weiß ja, wenn ihnen bekannt wäre, welches Verbrechen auf mir lastet, würden sie schaudernd sich von mir losmachen. Es ist, als ob ich unaufhörlich fürchtete, sie würden Blut an meinen Händen sehen."

Gabriella ahnte nicht, welche schreckliche Anklage jedes ihrer Worte für den Vater enthielt. Er saß schweigend da und hörte ihrer Rede zu, und unaufhörlich ließ sich eine innere Stimme vernehmen:

„Es ist mein herzloser Leichtsinn, welcher all diesen Jammer hervorgerufen und auf mein unglückliches Kind gebracht hat. Ich bin die Ursache davon, daß ihr Leben einem ewigen Kummer verfallen ist. Du hast Dich grausam gerächt, alter Stark, indem Du mein Kind dafür, daß ich deiner Tochter Leben zerstörte, dem Leiden geweiht hast."

Ein paar Tage hernach begab sich der Oberst mit seiner Tochter zu Monsieur Corsin's Eltern,

4*

welche ein Landgut im südlichen Frankreich bewohnten.

Sie wurden von Louis Corsin begleitet.

Wir verlassen nun den Oberst und Gabriella, um Birger zu folgen.

XI.

Birger Werner langte in London an, versehen mit einem Empfehlungsschreiben von dem Oberst an dessen Schwager, den schwedischen Legationssekretär Wolf.

Herr Wolf galt für reich und war ein äußerst liebenswürdiger Gesellschafter und machte, wie man zu sagen pflegt, ein glänzendes Haus. In seinen Salons versammelten sich geistvolle und ausgezeichnete Männer, und bei ihm lernte man Alles kennen, was London von Celebritäten im Gebiet der Kunst, Literatur und Wissenschaft besaß.

Er war Wittwer und hatte zwei Töchter, welche durch ihre Schönheit und Liebenswürdigkeit nicht wenig dazu beitrugen, sein Haus zu einem der angenehmsten zu machen.

Daß Birger als Verwandter, als reicher, mit einem vortheilhaften Aeußern ausgestatteter junger Mann, von dem Schwager seines Vaters sehr gut aufgenommen wurde, war Etwas, das sich von selbst verstand, und die natürliche Folge davon, daß Herr Wolf ihn einlud, während seines Aufenthalts in London bei seinen Verwandten zu logiren und deren Haus als sein eigenes anzusehen.

Birger seinerseits, mit seinen zweiundzwanzig Jahren, seinen meist sparsamen und einfachen Gewohnheiten und bei seiner Unbekanntschaft mit der großen Welt, war anfänglich wie betäubt, als er sich kopfüber in den Wirbel der Lust hineingeworfen sah.

Alles besaß für ihn den Reiz der Neuheit, denn er hatte früher sein Leben ausschließlich der strengsten Arbeitsamkeit gewidmet und niemals Etwas von den rauschenden Vergnügungen der Welt gekostet.

Jurisprudenz und Rechtspflege war vergessen. Drei Monate lang überließ er sich ganz und gar dem Strome der Lust, wohin er ihn führen mochte.

Dieser Rausch, der sich seiner bemächtigte, hätte für Birger gefährlich werden können, wäre er von der Natur mit einem minder starken Geiste begabt und seine Erziehung nicht darauf gerichtet gewesen, denselben noch stärker zu machen.

So wie er war, konnte er niemals ein Sclave der Genußsucht, niemals ein Kind der Thorheit oder ein gedankenloser Lustjäger auf der Bahn des Vergnügens werden. Dieses vermochte nur so lang ihn zu fesseln, als es ihm neu war; aber von dem Augenblick an, wo es diesen Reiz verlor, mußte seinem Geist die ganze Leere eines solchen Lebens sich vergegenwärtigen; — und einmal aus seinem Taumel erwacht, war Birger nicht der Mann, welcher sich zum zweiten Mal von diesen Genüssen fesseln ließ.

Nach dreimonatlichem Aufenthalt in London kehrte er eines Abends aus einem großen Junggesellenkreise bei einem reichen Engländer nach Hause zurück.

Es war ungewöhnlich lustig hergegangen und Birger fühlte sich beim Eintritt in seine Wohnung, wie man zu sagen pflegt, ziemlich aufgeräumt.

Er warf sich auf seinen Sopha und zündete eine Cigarre an. In seinem erhitzten Gehirn wogte noch die Erinnerung an den lustigen und etwas rauschenden Mittag sammt allen den andern Freuden, welche an dem Auge seines Geistes der Reihe nach vorüberzogen.

Alle diese Festgelage, an denen er Theil genommen, alle diese verfeinerten Orgien, denen er beigewohnt hatte, alle diese mit Luxus und Pracht ausgeschmückten Laster, von denen er Zeuge gewesen war, zeigten ihm, welche unerhörten Erfahrungen er im Laufe einer so kurzen Zeit eingesammelt hatte, und traten nun mit wunderbarer Klarheit vor seine Seele.

„Ich habe wirklich in diesem Monate sehr viel von des Lebens Freuden genossen," dachte Birger und lächelte. „Ich habe mich unterhalten, und das recht ordentlich."

In diesem Moment fielen seine Augen auf ein, ihm gegenüber hängendes Gemälde. Es war ein Portrait von Bentham *).

Birgers Gedankengang hielt an und nahm eine andere Richtung.

„Unterhalten," rief er, stand auf und trat auf das Portrait zu, welches er lang betrachtete. „Unter-

---

*) Englischer Schriftsteller, bekannt durch seine philanthropischen Bestrebungen in der Reform der Gesetzgebung, so wie als Begründer des Utilitarismus oder der Nützlichkeitsphilosophie 1747—1832. Anm. d. Uebers.

halten" wiederholte er. „Dachteſt Du auch wohl, großer Bentham, an Unterhaltung und Vergnügen, oder ..."

Er hielt in seinem stillen Monolog an und drehte sich auf dem Abſatze herum; aber als ob das Schickſal gewollt hätte, daß er an dieſem Abend nur auf Geſichter ſtoße, welche ihn an den Ernſt des Lebens erinnerten, fielen ſeine Augen auf ein Portrait von Washington, welches über dem Sopha hing.

„Wie viel Zeit, bewundernswürdiger Washington, verwendeteſt Du wohl an das Vergnügen?" fragte Birger, welcher in ſeinem von Wein exaltirten Gemüthszuſtande ſeine Gedanken in Worte kleidete.

Das Portrait ſchaute gedankenvoll zu dem jungen Mann hernieder, und das Auge ſah ſo ernſt aus, daß es Birger vorkam, als hätte es einen beinahe vorwurfsvollen Ausdruck. Der frohe und übermüthige Zug verſchwand aus Birgers Miene, und unwillkürlich regte ſich in ihm der Gedanke:

„Führt die Bahn, welche ich betreten habe, wirklich zu männlichen Tugenden, Auszeichnung und Ehre?"

Eine Stimme aus der Tiefe ſeines Herzens antwortete: Nein, und alle jene heitern Gedanken und Gefühle, welche ſo eben ſeine Seele durchdrungen hatten, verſchwanden, und eine Frage, welch er von den Jünglingsjahren her an ſich ſelbſt geſtellt hatte, um wo möglich durch ſein Leben die Antwort darauf zu geben, wiederhallte jetzt in ſeiner Erinnerung, die Frage nämlich:

„Womit beweisest Du, daß Du ein geborner Mann bist?"

„Dadurch, daß Du Dich selbst beherrschest, und dadurch daß Du dein Leben für die Mitwelt nutzbringend machst," antwortete der jetzt nüchterne Verstand.

Birger seufzte und ließ sich auf dem Sopha nieder. Eine ganze Stunde blieb er hier unbeweglich sitzen und durchlief mit kalter Vernunft die Zeit, welche er in unaufhörlichem Saus und Braus verlebt hatte. War er besser geworden? — Nein, diese sinnenreizenden Zerstreuungen, diese Freudenberauschungen, welche seiner Seele sich bemächtigt, hatten Herz und Verstand ohne Nahrung gelassen; statt dessen waren aber manche minder reine und edle Gefühle in ihm aufgetaucht.

Birger fühlte, als er den schönen Kopf wieder in die Höhe hob, daß eine Röthe der Scham bei der Erinnerung an die wirklich erniedrigende und geisttödtende Lebensweise, die er geführt und woran er Zeit und Geld verschwendet hatte, seine Stirne bedeckte.

Er fuhr mit der Hand darüber und sagte mit lauter Stimme und in festem Ton:

„Aber jetzt ist es auch aus. Ich würde mich selbst verachten, wenn ich auf dieser schlimmen Bahn noch einen einzigen Schritt weiter ginge. Zu Arbeit und Thätigkeit will ich zurückkehren, um nicht später einmal darüber erröthen zu müssen, daß ich mein Leben auf eine des Mannes unwürdige Art verschleudert habe."

Birger hielt Wort. Er bog plötzlich von dem

mit Rosen bestreuten Pfade der Thorheit ab und warf sich mit Eifer auf die steinigere Bahn der Studien und geordneten Thätigkeit.

So ganz ungeschlagen kam indessen Birger doch nicht von seinem Ausflug in das Reich der Lust und von seinem Aufenthalt in dem Hause des Legationssekretärs hinweg; denn er hatte das Unglück, sich in allem Ernst in eine der Töchter zu verlieben.

Diese Liebe sollte seine Standhaftigkeit und seine besseren Vorsätze, sich aus dem gesellschaftlichen Leben zurückzuziehen, auf eine harte Probe stellen, denn die beiden jungen Mädchen lebten so recht im Mittelpunkt der Londoner Vergnügungen.

Herrn Wolfs älteste Tochter, Clara, war damals neunzehn, die jüngere, Alfhild, achtzehn Jahre alt. Begabt mit seltener Schönheit, sehr gewinnenden Manieren und der vollkommenen Fähigkeit, die ihr von der Natur verliehenen Gaben zur Anwendung zu bringen, war Alfhild ganz dazu geschaffen, alle Herzen für sich einzunehmen.

Dieß hatte in Verein mit dem früheren Zusammenleben zur Folge, daß auch der junge Birger das seinige verlor. Es war somit ein großes und schweres Opfer, als er den Entschluß faßte, sich von allen diesen Lustbarkeiten, zu welchen er bisher Alfhild begleitet hatte, zurückzuziehen; natürlich also auch ein schwerer Augenblick, als er, nachdem er eine Zeit lang sich ernsten Beschäftigungen gewidmet hatte, von derselben Vorwürfe wegen seines Wegbleibens zu hören bekam.

Eines Tags äußerte Alfhild mit ihrem verlockendsten Lächeln:

Du wirst uns doch heute Abend zu Mistreß T. begleiten, lieber Cousin? Sie gibt einen großen Ball, zu welchem Du schon vor einer Woche eingeladen worden bist."

Birger bedurfte ganzer drei Minuten, ehe er eine Antwort hervorbrachte, welche folgendermaßen lautete:

"Ich glaube nicht, daß es mir möglich sein wird, den Ball von Mrs. T. zu besuchen."

"Nicht! Und was sollte Dich hindern? Vielleicht eine ältere Einladung? Wenn dem so ist, so sei wenigstens so christlich und theile Dich, daß Du den ersten Walzer nicht verfehlst, um welchen Du mich, sobald die Einladung eintraf, gebeten hast."

Birger war bei seinem Eifer, sich einer unthätigen und thörichten Lebensweise zu entziehen, der Walzer, den er so lebhaft begehrt hatte, ganz in Vergessenheit gekommen. Er fühlte, wie sein Herz bei dem Gedanken daran mit verdoppelter Geschwindigkeit zu schlagen begann. Darauf Verzicht leisten konnte und wollte er nicht; er antwortete also:

"Ich werde auf den Ball von Mrs. T. kommen, mit Dir zu tanzen; aber hernach entferne ich mich wieder."

"Und warum nur kommen um eines einzigen armseligen Walzers willen?"

"Weil ich denselben mit Dir tanzen will; sonst hätte ich den Ball gar nicht besucht. Ich habe den Entschluß gefaßt, fernerhin zu arbeiten."

"Arbeiten, und warum?"

"Ich bin ja hier, um juridische Studien zu machen, und nicht, um mich zu belustigen."

„Das kannst Du ja am Schluß der Saison; jetzt habe ich darauf gerechnet, daß Du für den Rest derselben mein Ritter sein werdest."

„Dein Ritter bleibe ich stets; aber nicht mehr im Gesellschaftsleben, denn ich habe mir das ernstliche Gelübde gethan, für die übrige Zeit meines hiesigen Aufenthaltes keine Zeit mehr daran zu verschwenden."

„Aber wenn ich Dich darum bitte, so schlägst Du Dir wohl dieses alberne Gelübde aus dem Sinn?" entgegnete Alfhild und sah ihn mit ein paar Augen an, denen nicht so leicht zu widerstehen war.

„Hättest Du mich gebeten, ehe ich es ablegte, so fürchte ich, es wäre gar nie so weit gekommen. Nun..."

„Nun, warum hältst Du an?" fragte Alfhild; ohne an weiteres Kokettiren zu denken; so überrascht war sie, bei einem Anbeter einmal auf Widerstand zu stoßen. So Etwas war ihr bis jetzt noch niemals vorgekommen.

„Nun ist es zu spät," setzte Birger bestimmt hinzu.

„Zu spät!" rief Alfhild ganz verblüfft.

„Ja, denn Du kannst von mir nicht begehren, ein Gelübde zu brechen; dieß hieße so viel, als mich zu einer Schwachheit überreden zu wollen."

„Es geschähe nur, um mich zu vergewissern, wie groß deine Anhänglichkeit an mich ist."

Mit diesen Worten trat Alfhild auf ihn zu, legte ihre Hand auf seinen Arm und sagte mit ihrem unwiderstehlichst verführerischen Ton:

„Birger, um meinetwillen stehe von diesem Vorhaben ab. Was wären wohl diese Freuden, an welchen ich sonst so viel Gefallen finde, ohne Dich?"

In diesem Momente hätte Alfhild selbst Engel in Versuchung führen können. Auch zog unser künftiger Gesetzgeber mit einem unendlichen Entzücken ihre Hand an seine Lippen. Alfhild glaubte ihres Siegs gewiß zu sein und setzte lächelnd hinzu:

„Dieses Gelübde ist also abgethan, und Du gehörst für die Saison mir und der Freude an."

„Nein, Alfhild, so darfst Du die Aeußerung des Vergnügens darüber, zu hören, daß ich von Dir vermißt werde, nicht deuten. Das Bewußtsein, deinem Herzen Etwas zu sein, macht es nur noch unmöglicher für mich, meinen Vorsatz zu brechen. Ich muß vor allen Dingen sorgfältig auf deine Achtung bedacht sein, und wie könntest Du den Mann achten, der mit Gelübden sein Spiel treibt."

„Thäte er das um meinetwillen, so würde ich daraus nur die Stärke seiner Anhänglichkeit erkennen," antwortete Alfhild in etwas ärgerlichem Tone.

Sie wollte noch immer nicht glauben, daß Birger, was sie von ihm verlangte, ihr abschlagen könnte. Dieser dagegen betrachtete Alfhilds Benehmen nur als einen Versuch, ihn auf die Probe zu stellen. Von den Kinderjahren an gewöhnt, jedes Versprechen und jeden guten Vorsatz heilig zu achten, war er überzeugt, es verhalte sich bei Alfhild ebenso. Er nahm für ausgemacht an, was ihm als eine wesentliche Tugend erschien, werde sie von demselben Gesichtspunkte aus betrachtet.

Birger beging hiebei den gewöhnlichen Mißgriff im Leben, seine eigenen Gefühle und seine eigene Ueberzeugung auf die Person überzutragen, die ihm theuer war. Er erwiederte darum:

„Wenn ich jetzt nachgäbe, so würde ich damit meine Anhänglichkeit herabsetzen, und Du hättest allen Grund, mich gering zu achten."

„Birger," rief Alfhild, „ich verstehe deine feinen Worte nicht, sondern will wissen, was Du höher anschlägst, mir zu gefallen oder einen unbedeutenden Vorsatz aufzugeben, darum wähle jetzt zwischen mir und deinem Gelübde."

„Alfhild, ich habe vor Gott und meiner Ehre gelobt, während meines Aufenthalts in London nicht mehr an jenen Vergnügungen Theil zu nehmen, welche mich bereits weiter führten, als ich hätte gehen sollen, und nun hoffe ich, daß Du nicht weiter davon reden wirst."

Birger war dabei sehr ernst geworden.

„Also," brach Alfhild heftig los, „bei der Wahl zwischen mir und...."

„Meiner Ehre gebe ich dieser den Vorzug, weil Du den Mann nicht lieben kannst, dem Du deine Achtung versagen mußt.

Damit verließ Birger das Zimmer.

Das junge Mädchen sah ihm mit zornigem Blick nach. Als sie allein war, stampfte sie mit dem Fuße auf den Boden und murmelte, während Thränen des Verdrusses ihr über die Wangen rannen.

„Das sollst Du mir büßen, daß Du mich vergebens Dich bitten ließest. Hu! Wie verabscheue ich diese Vernunftmaschinen! Aber warte, Birger, Du sollst mir zu lieb noch mehr als ein Gelübde brechen!"

„Erlaube mir, daran zu zweifeln," sprach eine frische und klare Stimme hinter Alfhild.

„Ah! bist Du es, Clara?"

„Ja, meine Freundin, ich selbst, wie Du siehst. Aber warum bist Du so aufgebracht auf unsern Birger? Womit hat der Junge sich gegen Dich versündigt. Ist er der Windrichtung Deiner Launen nicht gefolgt?" Ich habe immer, wenn ich ihn beinen demüthigen Sclaven machen sah, gedacht: wie lang wird er es aushalten, gar keinen eigenen Willen zu haben?"

„Ach, meine Liebe, er hat es gar nicht lang ausgehalten," antwortete Alfhild. „Kannst Du Dir vorstellen, ich habe ihn vergeblich um etwas gebeten?"

„Das macht ihm Ehre. Ich fange an, Achtung für den jungen Mann zu empfinden," erwiederte Clara mit komisch-gravitätischem Ernst.

„Ich finde es abscheulich."

„Die Ansichten sind so verschieden in der Welt; aber Eins kann ich Dir sagen, mein schönes Kind, daß Birger Manns genug ist, um auch noch einmal zu dem, was Du von ihm begehrst, Nein zu sagen."

„Das wäre niederträchtig. Er hat es ja früher nicht gethan."

„Das kommt daher, daß er früher nur von Dir

entzückt war; und jetzt liebt er er Dich in vollem Ernst."

„Und der Beweis seiner Liebe soll sein, daß er mir entgegenhandelt? Eine herrliche Art und Weise, an den Tag zu legen, daß man geliebt wird."

„Liebes Kind, er will jetzt dein Herz und deine Achtung gewinnen, darum läßt er sich nicht zu Etwas verleiten, was in deinen Augen ihn herabsetzen kann."

„Bah! Ich hätte gute Lust, ihm zu beweisen, was für ein schwaches Spielzeug er in meiner Hand werden kann."

„Nimm Dich vor einem solchen Versuch in Acht, denn er könnte Dich mehr kosten, als Dir lieb ist. Im Uebrigen wird derjenige, welcher mit andern Menschen spielt, gar häufig seinerseits zum Spielzeug für sie."

XII.

Den Tag darauf war der erwähnte Ball.

Einige Augenblicke, ehe der erste Walzer begann, fand sich Birger ein. Alfhild war, als sie auf den Ball fuhr, fest entschlossen, den Tanz ihm zu versagen; aber als sie ihn mit dem schönen, frischen Lächeln, hinter welchem ein fester und unbeugsamer Charakter hervorleuchtete, vor sich stehen sah, erkannte sie deutlich, daß, wenn sie jetzt der Eingebung ihrer Laune folge, sie niemals die Herrschaft über sein

Herz gewinnen oder ihn zum Sclaven ihres Willens machen könnte; und darum walzte sie mit ihm.

Nach dem Ball verfloß eine lange Zeit, in deren Lauf Birger höchst selten und nur, wenn er nicht ausweichen konnte, im gesellschaftlichen Leben sich sehen ließ. Mußte aber Alfhild ihn hier vermissen, so fand er daheim sich immerdar an ihrer Seite, und das Ende davon war, daß er eines schönen Tags sie darum bat, über seine Zukunft zu entscheiden.

Wäre Birger weniger verliebt und mehr erfahren gewesen, so hätte er in Alfhilds Zögern, eine Antwort zu geben, eine schlimme Vorbedeutung erkannt. Nun erblickte er darin blos Verschämtheit, und als sie ihm endlich die Versicherung ihrer Liebe gab, eilte Birger jubelnd hinweg, um von dem Legationssekretär ihre Hand zu begehren.

Dieser gab auch seine Zustimmung, fügte aber als Bedingung bei, daß von dem Verlöbniß nicht eher Etwas verlauten dürfe, als bis Birger seines Vaters Erlaubniß zu seiner Verbindung mit Alfhild eingeholt hätte.

Birger schrieb sogleich, aber da er während des Freudentaumels, worin sein Leben verging, nur lässig in der Correspondenz gewesen war, hatte er lange Zeit keinen Brief erhalten, und befand sich deßhalb auch in Unkunde darüber, daß der Oberst Paris verlassen hatte.

Nun folgten einige Wochen, in denen man auf die Antwort des Obersts wartete, um sodann die Verlobung öffentlich bekannt zu machen.

Diese Wochen widmete Birger einer ernsten Arbeit. Es war, als ob seine Liebe zu Alfhild, nachdem derselben eine bestimmte Zukunft gesichert war, ihn noch mehr anspornte, sich mit Eifer seinen Studien hinzugeben, und ihm den Geschmack an jenen eiteln Zerstreuungen, woran er so viel Zeit und Geld verschwendet hatte, benähme.

Anfänglich suchte Alfhild ihn zu bestimmen, sich von dem Tummelplatz der Lust nicht völlig zurückzuziehen; ganz plötzlich aber hörte sie mit ihren fruchtlosen Bemühungen auf, und es geschah höchst selten, daß sie ihn einmal überredete, sie auf einige Augenblicke zu einem Ball oder einer Soiree zu begleiten.

Birger sah in diesem veränderten Benehmen nur einen Beweis davon, daß sie die Motive, welche ihm seine Handlungsweise diktirten, zu achten gelernt hatte, und Alfhild stieg in seiner Schätzung. Redlich, warmherzig und treugesinnt, argwohnte Birger nicht, daß Alfhild aus andern, als edeln Beweggründen handeln könnte.

Endlich nach Verlauf von sechs Wochen erhielt Birger eine Antwort von dem Oberst, welcher, als seines Sohnes Brief eintraf, bereits Paris verlassen hatte, so daß also auch der Brief viel später an seine Adresse gelangt war.

Der Oberst erklärte, er habe nichts gegen die Verlobung einzuwenden, und stellte nur die Bedingung, daß Birger sich dadurch nicht abhalten lasse, die für seine künftige Laufbahn wichtige und lehrreiche Reise durch Frankreich und Deutschland zu machen. Er schärfte ihm ausdrücklich ein, sich nicht länger in London zu verweilen, als für seine juri-

bischen Studien nothwendig wäre, und schloß mit
den Worten: je schneller Du Dir Kenntnisse sammelst, desto früher kannst Du damit Nutzen stiften und daran denken, Dir einen eigenen Herd zu gründen."

Eine Woche nach der Ankunft des Briefs sollte die Verlobung gefeiert werden.

Den Tag, bevor unser junges Paar die Ringe wechseln und der Welt von dem Austausch des Gelübdes der Treue Mittheilung machen sollte, finden wir in einem kleinen Kabinet Alfhild und Clara beisammen.

Alfhild saß in eine Sophaecke zurückgelehnt. Ihr Angesicht trug Spuren von Thränen. Clara arbeitete eifrig an einer Stickerei.

„Aber, mein Gott, Alfhild, warum hast Du seit einer ganzen Stunde nichts Anderes gethan, als geweint?" fragte endlich Clara, indem sie ihre Schwester mit einem liebevollen und zärtlichen Blick ansah.

„Darum, weil ich unglücklich bin," antwortete Alfhild, richtete sich aus der Sophaecke auf und stützte den Kopf auf die Hand.

„Unglücklich, Du?"

„Ja, eben ich, die ich morgen mich verloben soll."

„Mit dem Mann, den Du liebst und den Du allen Grund hochzuachten hast."

„Wahr, — auch denke ich nicht daran, mein Wort zu brechen. Ich mache eine in jeder Hinsicht glänzende Partie."

Es entstand eine Pause, während welcher Clara

aufmerksam ihre Schwester betrachtete. Plötzlich nahm sie wieder das Wort.

„Sage mir Eins: warum hat Herr Welwort nie einen Besuch hier machen wollen? Papa hat ihn doch mehrmals eingeladen."

„Er hat vielleicht kein sonderliches Wohlgefallen am Gesellschaftsleben," antwortete Alfhild erröthend.

„Nicht, — und doch besucht er alle Lustbarkeiten, wo wir sind."

„Aber, mein Gott, Clara, warum stellst Du dergleichen Fragen an mich? Ich bin nicht in sein Vertrauen eingeweiht;" erwiederte Alfhild in einem Tone, dem die Ungedulb leicht anzumerken war.

„Deßhalb, weil — weil ich glaube, Du ließest Dich durch sein ungewöhnlich schönes Aeußere und seine verführerischen Manieren blenden. — Es sind jetzt über drei Monate, daß wir beinahe täglich mit dem jungen Schweden zusammentreffen, und diese ganze Zeit hindurch hast Du nicht ein einziges Mal seines Namens vor Birger erwähnt und Dich in Deinem Benehmen gegen den letztern sehr verändert."

„Liebe Clara, Du hast ja auch nicht von ihm gesprochen."

„Das ist wahr; aber ich habe meine Gründe gehabt."

„Und was waren diese?"

Folgende: fürs Erste wollte ich sehen, wie Du handeln würdest, und fürs Zweite machte er Anfangs durch sein ungewöhnlich vortheilhaftes Aeußere einen so lebhaften Eindruck auf mich, daß ich nicht gern von ihm redete. Ich wollte meine Verzückung sich erst legen lassen, ehe ich Welwort zum Gegenstand eines Gesprächs machte. — Du bist dagegen durch Deine Bewunderung für den Mann so betäubt, daß Du beinahe Deinen Bräutigam, das will sagen, Deine erste Liebe vergessen hast. Siehst Du, Kind, das ist mehr, als sich wohl rechtfertigen läßt. Wie ist es möglich, seine Gefühle so zu wechseln, wie Du anscheinend gethan hast? Von dem Augenblick an, da Du den jungen Welmort sahest, wurde Birger eine Nebenperson, deren Du Dich nur erinnertest, wenn er Dir vor's Gesicht kam, und dennoch ist Deine Liebe zu ihm noch nicht so alt, daß sie schon ausgebrannt haben sollte."

"Besonders, wenn sie überhaupt niemals gebrannt hat."

"Alfhild!" rief Clara aufsehend, "was soll das bedeuten?"

"Die Wahrheit, Clara. Ich habe Birger niemals geliebt."

"Du hast ihn nicht geliebt?"

"Nein."

"Aber warum hast Du dann gesagt, daß Du ihn liebtest? Warum hast Du Dich so benommen, daß er und Jedermann daran zu glauben Veranlassung nahm? Und endlich, warum hast Du ihm Deine Liebe und Treue gelobt?"

"Darum weil er mir unter allen Männern, welche mir ihre Huldigung darbrachten, am meisten gefiel, und weil ich ihn wirklich gut leiden zu können glaubte. Sodann reizte es mich, daß ich nicht alle die Macht, die ich mir zutraute, über ihn besaß, und seine Widersetzlichkeit, meinem Wunsche nicht zu willfahren, sondern trotz meiner Bitten einem gefaßten Vorsatze getreu zu bleiben, verursachte mir solchen Aerger, daß ich um jeden Preis Herrin über sein Herz werden wollte, und endlich . . . ."

„Nun, warum schweigst Du?"

„Weil der letzte Beweggrund mir beinahe niedrig vorkommt. Mir dünkt, ich schäme mich selbst darüber."

„Ach, meine arme Alfhild, ich fürchte, Du hast Dich über Deine ganze Handlungsweise gegen Birger zu schämen, und darum wird auch der letzte der Gründe, welche Dich geleitet haben, dieselbe nicht schlimmer machen."

„Nun wohl, wenn ich einmal so schlecht bin, wie Du sagst, so magst Du auch wissen, daß ich gern die reiche Frau Werner werden wollte. Es ist uns beiden, Dir und mir, genugsam bekannt, daß wir, wenn Papa einmal stirbt, leider Nichts unser eigen nennen können."

„Eigennutz also."

„Clara, Du bist recht unbarmherzig."

„Willst Du wirklich diesem Deinem Grunde einen andern Namen geben? Sage mir nun, wie Du zu handeln beabsichtigst? Noch kannst Du zurücktreten und Birger ehrlich sagen, daß Du ihn nicht liebst."

„Ich sollte gestehen, daß ich gelogen und nur mit ihm gespielt habe?" rief Alfhild.

„Das brauchst Du nicht zu thun, denn ich weiß es bereits," antwortete eine tiefe und ernste Stimme von der Salonthüre her.

Die beiden Mädchen richteten ihre Blicke dorthin. Es war Birger. Er stand mit hoch aufgerichtetem Haupte und ruhigem Blick da.

„Ach! Birger, Du haſt gehorcht!" brach Alfhild los.

„Unfreiwillig; aber es war recht gut, daß das Schickſal mir Deine Worte zutrug, ſonſt...."

Er trat auf ſie zu und fuhr fort:

„Sonſt hätte ich noch immer an die Maske der Wahrheit geglaubt, welche Deine Treuloſigkeit verbarg, und auf dieſe Art mein Leben einem Weibe, das meiner unwürdig iſt, gewidmet."

„Unwürdig," wiederholte Alfhild mit erröthenden Wangen.

„Ja, ich habe das Wort geſprochen und nehme es nicht zurück," antwortete Birger, indem er Alfhild einen Blick ſtolzer Verachtung zuwarf.

„Oder welchen Namen willſt Du einem Mädchen geben, das aus Eitelkeit und Eigennutz mit einem Manne ſpielt, der ſie ernſtlich liebt. Außerdem verliebt ſie ſich noch in der Zwiſchenzeit in einen andern Mann und empfängt von dieſem andern Briefe des Inhalts wie folgender."

Birger zog ein zuſammengefaltetes Papier hervor und ſchlug es langſam aus einander.

Alfhild wurde todesblaß.

Birger las:

„Sie verloben ſich, Alfhild; begehren Sie alſo nicht, daß ich der Einladung Folge leiſten ſoll, welche Ihr Vater an mich ergehen ließ. Ich weiß nun, daß die kurze Zeit der Liebe, welche gleich einem glücklichen Traum vorüberflog, auch nur ein ſolcher war; denn würde ſie etwas Anderes geweſen ſein, ſo könnten Sie ſich nicht verloben. Vergeben Sie, daß mein Gefühl für Sie von tieferer und ernſterer

Art ist, als .... das Ihrige für mich; gleichwohl bin ich genugsam Thor gewesen, um an Sie zu glauben. Leben Sie wohl! In einigen Tagen verlasse ich London.

E. W."

Birger hatte das Briefchen mit ruhiger und klarer Stimme gelesen. Als er zu Ende war, überreichte er es Alfhild mit den Worten:

„Ich bin gekommen, um Dir diesen verlornen Schatz zurückzugeben und zugleich zu erklären, daß ich noch diesen Abend von London abreise."

Er war im Begriff, das Zimmer zu verlassen, aber Alfhild sprang auf, faßte ihn am Arm und rief:

„Birger, willst Du mich zum Gespött für alle diese Leute machen, welche auf morgen zu unserer Verlobung eingeladen sind? Willst Du so mit meiner Ehre spielen?"

„Du hast zu Deiner Unterhaltung mit zwei Menschenherzen gespielt, und begehrst jetzt, daß ich Nachsicht mit Dir haben soll?" entgegnete Birger mit strengem Blick.

„Das sollst Du," fiel Clara ernst ein. „Du wirst Alfhilds guten Namen und Ruf nicht zerstören, sondern mußt auf irgend eine für Euch beide schickliche Weise die Verlobung rückgängig machen."

„Ich werde es so einzurichten suchen, daß die Schuld allein auf mich fällt. Bist Du damit zufrieden, Clara?"

„Ich danke," war Alles, was Clara antwortete, und dabei reichte sie ihm die Hand.

„Es geschieht nur um Clara's willen, merke Dir das, Alfhild. Mit Dir habe ich keine Nachsicht."

Damit entfernte er sich.

Alfhild preßte die Hände zusammen und murmelte:

„Diese Demüthigung für mich!"

XIII.

Ein Jahr war vergangen, als Birger, welcher inzwischen sein Leben ausschließlich den Studien gewidmet hatte in Folge eines Briefes von dem Oberst sich nach Italien begab, wo Vater und Schwester gerade verweilten.

Es war ein Juni=Nachmittag, glühend heiß und krankhafte Sehnsucht weckend, wie Venedigs Himmel, als Birger in der italienischen Freistadt anlangte.

Die Gondeln, mit ihren singenden Ruderern glitten über die Kanäle hin, und Marmorpaläste spiegelten sich in deren glänzendem Wasserspiegel.

In einer bezaubernden Wohnung an einem der Kanäle fand Birger seine Verwandten.

In einem Salon mit seinen auf den Balkon geöffneten Thüren saß der Oberst und las einige Zeitungen. Gabriella hatte auf einer Pompadour Platz genommen und arbeitete mechanisch an einer Stickerei. Neben ihr auf einem Stuhl hatte sich Louis Corsin niedergelassen.

Bei Birgers Eintritt sprang Gabriella ihm auf die halbe Zimmerlänge entgegen, blieb aber plötzlich stehen und sah ihn mit einem schüchternen und bebenden Blick an.

Nachdem Birger den Oberst begrüßt hatte, um=

armte er Gabriella mit so viel aufrichtiger Herzlichkeit, daß man auf seinem etwas strengen Angesicht deutlich lesen konnte, welche Freude es ihm machte, sie wieder zu sehen. Als er sie aus den Armen ließ, nahm er das blondlockige Köpfchen zwischen seine Hände und sagte, ihr in die Augen blickend:

„Und wie steht es denn mit meiner kleinen Gabriella?"

„Immer gleich," flüsterte Gabriella und verbarg ihr Antlitz an seiner Brust.

Ach ja! Sie war wirklich dasselbe kummervolle und stille Wesen, wie er sie immerdar gesehen hatte, und dennoch lag ein Etwas in der Tiefe der Augen, das leise anzudeuten schien, daß ihr Inneres zu der Ahnung, das Leben wisse noch von andern Gefühlen, als dem bloßen Kummer, erwacht war.

So schien es wenigstens Birger.

Einen Augenblick später war Birger in einem lebhaften Gespräch mit seinem Vater begriffen, welchem er über seine Reisen und über den Bruch seines Verhältnisses mit Alfhild Bericht erstattete.

Da das Gespräch in schwedischer Sprache geführt wurde, so verstand Monsieur Corsin Nichts davon; indessen schien dasselbe ihn auch nicht sonderlich zu interessiren, denn er saß, ohne ein Wort zu reden, an Gabriella's Seite und begnügte sich, die Augen auf das junge Mädchen zu heften, welches zu seinem Platz und seiner Arbeit wieder zurückgekehrt war.

Birger betrachtete während des Gesprächs Corsin und Gabriella. Er dachte:

„Sollte möglicher Weise dieser junge, düstere Franzose, welcher von Gabriella so entzückt scheint, derjenige sein, welcher sie zum Leben und zum Bewußtsein ihrer selbst und ihres Herzens erweckt hat? Nein! sie bemerkt, wie ich glaube, nicht einmal, daß er nur da ist. Mir gefällt diese traurige Figur ganz und gar nicht.

Hier wurde Birgers Gedankengang durch eine klare, klangvolle Männerstimme unterbrochen, welche eine schwedische Volksweise unter dem Balkon sang.

Bei dem Laute dieser wirklich bezaubernden Stimme bemerkte Birger, daß Gabriella zusammenfuhr. Augenblicklich erhob sie sich und trat auf den Balkon. Corsins finsteres, unglückverkündendes Auge folgte ihr.

Als der Gesang zu Ende war, hörte Birger eine schöne, sonore Stimme rufen:

"Wollen Sie nicht diesen Abend eine Fahrt auf den Lagunen machen? Sehen Sie, wie die Sonne in einem Feuermeer untergeht. Darf ich mit meiner Gondel anlegen?"

"Heute Abend nicht," antwortete Gabriella, über das Geländer des Balkons gelehnt. "Singen Sie mir statt dessen das Schweizer Heimweh."

"Ich bitte, fahren Sie diesen Abend aus," ließ sich die Stimme aus der Gondel von Neuem vernehmen. "Nur eine kleine Strecke weit. Sie sehen ja, daß Lady D. auch dabei ist. Ich verspreche Ihnen, die ganze Zeit kein Wort zu reden, sondern blos zu singen, wenn Sie es so wünschen."

"Schließen Sie sich uns doch auf eine Weile an, Mademoiselle Werner," rief jetzt eine ältere Dame in schlechtem Französisch.

"Sagen Sie nicht nein," bat abermals die klare

männliche Stimme mit einem so eigenthümlich warmen Tonfall, daß man hörte, die Bitte kam von Herzen.

„Ich will nur meine Mantille holen," antwortete Gabriella, und als sie wieder in den Salon hineintrat, brannte auf den bleichen Wangen eine feine Rosengluth. Corsin, welcher weiter Nichts verstanden, als was die Lady auf Französisch gesagt hatte, ging auf Gabriella mit den Worten zu:

„Du gedenkst also mit dem Grafen auszufahren?"

„Ja," antwortete Gabriella, nahm ihre Mantille, nickte dem Oberst und Birger freundlich zu und schritt dann wieder hinaus auf den Balkon, um dessen Treppe hinabzusteigen.

Corsin war ihr gefolgt und blieb eine Weile auf dem Balkon stehen, bis die Gondel sich entfernte. Als er wieder in den Salon trat, sagte er:

„Es wundert mich, Onkel, daß Du Gabriella gestattest, mit dem Grafen auszufahren. Mir kommt das nicht recht schicklich vor, aber vielleicht nehmt ihr es in Schweden mit euren Mädchen nicht so genau, wie wir in Frankreich."

„Mein bester Louis," antwortete der Oberst etwas scharf, „erlaube mir, daß ich selbst beurtheile, wie meine Tochter und ich zu handeln haben."

Corsin schleuderte dem Oberst einen zornigen Blick zu und warf sich auf die Pompadour, auf der Gabriella gesessen war. Ueber sein düsteres Angesicht zogen dunkle, drohende Wolken.

Birger dachte:

„Dieser Unglücksvogel da sieht aus, als ob er über Unheil brüte."

XIV.

Lady D. saß im Salon der Gondel, und die Gardinen waren zurückgeschlagen. Nachdem sie Gabriella begrüßt hatte, drückte sie ihre Freude darüber aus, daß das junge Mädchen ihr Gesellschaft leistete, und rühmte zugleich mit einigen Worten die Artigkeit des Grafen, der sie zu dieser Gondelfahrt eingeladen hatte.

Die Lady war eine korpulente Dame von etlichen fünfzig Jahren; sie hielt viel auf Gemächlichkeit und Stille, und eben darum hatte ihr das Schicksal einen Mann gegeben, der es nie länger als höchstens sechs Wochen an einem und demselben Orte aushielt. Ihre dreißigjährige Ehe war also eigentlich eine dreißigjährige Reise gewesen. Unsere gemächlichkeitsliebende Lady wäre auch sicherlich schon des Todes verblichen, wenn sie sich nicht in den kurzen Zwischenzeiten, wo man sich da oder dort verweilte, beinahe ununterbrochen ihrer Hauptleidenschaft, der des Schlafes, hingegeben hätte. Während der Lord auf einem Platze war, überließ er seine Gattin sich selbst und brachte seine Tage damit zu, daß er auf eigene Faust in der Umgegend herumstreifte.

Unsere Lady war also kaum mit ihren Artigkeitsphrasen gegen Gabriella zu Ende und hatte noch einige Worte über das Vergnügen, sich auf dem Wasserspiegel schaukeln zu lassen, beigefügt, so begann sie sich in einer Sophaecke so bequem als möglich zurecht zu setzen. Indem sie die Kissen so ordnete, daß sie einer behaglichen Ruhe sich hingeben konnte, erklärte sie, wenn man den Genuß einer solchen

Fahrt aus dem Grunde kennen lernen wollte, müsse man sich mit geschlossenen Augen in die Welt der Träume einzuwiegen suchen, und wirklich war unsere achtungswerthe Lady nach Verlauf einiger Augenblicke bereits so tief in dieselbe versunken, daß die Wirklichkeit für sie zu existiren völlig aufhörte.

Der junge Graf hatte augenscheinlich auf den Moment gewartet, da die Lady in das Reich der Träume eintreten würde, denn seine Augen waren, seitdem die Gondel abgestoßen, ausschließlich auf die würdige Dame gerichtet gewesen.

Gabriella dagegen saß auf dem Sopha ihr gegenüber und ließ, den Arm auf den Rand der Gondel, den Kopf auf die Hand gestützt, ihren Blick über den Wasserspiegel und das Ufer hinschweifen.

Als der schwere Athemzug der Lady zu erkennen gab, daß sie eingeschlafen war, faßte der Graf Gabriella's Hand und sagte auf Schwedisch:

„Was soll ich nun thun, um Sie zu zerstreuen?"

Gabriella ließ ihre Hand in der seinigen, wandte ihm das Gesicht zu und erwiederte:

„Singen Sie ein schwedisches Lied."

Gabriella's Blick weilte auf dem jungen Mann mit einem eigenthümlichen Ausdruck, welcher die gewöhnliche Wolke des Kummers beinahe verdrängt hätte. Das Angesicht des Grafen sprach von warmen, beinahe heftigen Gefühlen. Es war als ob die venetianische Luft die Kraft besäße, selbst in der Brust des Nordländers die Leidenschaft zu wecken.

So saßen beide eine lange Weile. Der Graf schien gleichsam zu befürchten, mit einem Wort oder einer Bewegung den wehmüthigen, aber zärtlichen

Anhauch in Gabriella's Blick zu verscheuchen. Und dennoch besaß die kleine Hand, welche in der seinigen ruhte, eine wunderbare Kraft, die Schläge seines Herzens gleichsam zu verdoppeln. Unwillkürlich wurde seine Brust von einem Seufzer gehoben.

Bei diesem Laute zuckte Gabriella zusammen und wollte ihm ihre Hand entziehen, aber der Graf flüsterte, sie festhaltend:"

„Noch einen Augenblick lassen Sie mich so träumen."

Gabriella's Angesicht wurde von einer dunkeln Röthe übergossen; sie lächelte matt, ließ ihre Hand in der seinigen, wandte aber den Kopf hinweg.

„Gabriella," fuhr der Graf leise fort und lehnte sich auf das Geländer der Gondel, wie Gabriella eben gethan hatte; „ist dieser Abend nicht schön?"

„Ja, sehr schön."

„Soll ich singen?" fragte der Graf weiter, indem er das junge Mädchen mit einem warmen Blick und einem Lächeln betrachtete, welches die Ueberzeugung in sich zu schließen schien, daß er jetzt eine Frage stellte, welche sie verneinend beantworten würde.

„Nein, jetzt nicht. So wie eben, ist es so ganz wunderbar."

Bei dieser einfachen und kindlich aufrichtigen Antwort nahm das Angesicht des Grafen einen Ausdruck von Achtung an.

„Seltsames und entzückendes Kind, wie sehr wird man nicht gezwungen, Dich zu lieben."

Diese Worte, mehr zu sich selbst, als zu Gabriella von ihm gesprochen, hatten gleichwohl ihr Ohr erreicht.

Sie sah ihn an und wiederholte:

„Gezwungen zu lieben! Kann man denn dazu gezwungen werden?"

Und dazu lächelte sie wieder auf ihre eigenthümliche, wehmüthige und matte Weise.

"Man wird von seinem Herzen im Widerspruch mit dem Verstand gezwungen. Mein Herz liebt Sie und betet Sie an, aber mein Verstand sagt mir, daß dieses Gefühl niemals von Ihnen getheilt wird."

"Es darf nicht sein," erwiederte sie, und eine Wolke zog über ihr Angesicht. "Und doch…

Gabriella stützte den Kopf auf die Hand.

Alle die Rathschläge, welche die Vernunft dem Grafen zugeflüstert, alle die edeln Vorsätze, welche er gefaßt hatte, die kleine Taube nicht durch eine Schilderung seiner Gefühle zu erschrecken, sanken in Nichts zusammen, und das jugendliche Blut, das wirklich stürmische Gefühl, welches er für Gabriella empfand, trieb ihn an, das was sein Herz erfüllte, in warme, glühende Worte zu kleiden.

Unbeweglich, das Gesicht von ihm abgewendet, lauschte Gabriella seinen Worten, ohne ihre Hand zurückzuziehen, oder eine Geberde zu machen, aus welcher Verlegenheit gesprochen hätte.

Das Einzige, was den Eindruck, den die Worte des Grafen verursachten, andeutete, war die brennende Röthe auf den siebzehnjährigen Wangen.

Als der Graf schwieg und die kleine Hand an seine Lippen führte, wandte Gabriella ihr jetzt im höchsten Grade einnehmendes Gesicht, von welchem jede Spur der Mattigkeit oder ertödtender Schwermuth verschwunden war und ein Schimmer von Zärtlichkeit und Glück zurückstrahlte, demselben zu.

"Gabriella," flüsterte der Graf, sich näher zu dem Mädchen hinneigend, "sage, daß Du mich liebst."

„Ich weiß es nicht," stammelte sie mit unschuldigem Lächeln; „aber ich weiß, daß Ihre Worte mich glücklich gemacht haben. Es fühlt sich hier so wunderbar."

Sie legte die Hand auf das Herz. Es lag Etwas in dem ganzen Wesen dieses Angstkindes, das so ganz von Allem abwich, wodurch andere Mädchen sich kennzeichnen; etwas so Reines und Unschuldiges, daß sie auf jeden Mann von Herz einen Eindruck machte, der gewissermaßen alle unedeln Gefühle verbannte.

Gabriella und der Graf waren jetzt allein an dem glühenden italienischen Abend, denn Lady D. lag in den Banden eines schweren und tiefen Schlafes. Der Gondolier war, auf sein Ruder gebückt, gleichfalls eingeschlafen, aber dennoch hätte der Graf sich lieber das Herz aus der Brust gerissen, als mit einem Wort der Leidenschaft die Ohren des jungen Mädchens entweiht. Eine so mächtige Beschützerin besaß Gabriella in ihrer Unschuld und in ihrer vollkommenen Unkenntniß mit dem Leben und dessen Schattenseiten.

Unser Graf war durchaus kein Heiliger. Im Gegentheil. Bei jedem gewöhnlichen Mädchen oder Weibe, welches seine Leidenschaft erweckte, würde er kein Bedenken getragen haben, sich so viele Gunstbezeugungen zu verschaffen, als der Augenblick gestattete; aber bei Gabriella gemahnte es ihn, als ob seine Liebe zu ihr ein Schild wäre, welcher zwischen ihr und jedem leidenschaftlichen Ausbruch stände.

Er sprach noch eine Weile von seiner Liebe und erhielt am Ende auf seine Frage, ob Gabriella eines

Tags mit ihm die Freuden und Leiden des Lebens theilen wollte, zur Antwort.

„Still, sprechen Sie nicht von der Zukunft; lassen Sie mich heute Abend nur dem Augenblick leben. Singen Sie darum ein Lied. Ihre Stimme ist mir so lieb, daß sie die Betrübniß des Herzens heilt."

Der Graf sang ein paar Alpenlieder, von welchen er wußte, daß Gabriella sie besonders gern hörte.

Der Ruderer erwachte und die Gondel kehrte im Mondschein nach Hause zurück. Als der Graf Gabriella beim Aussteigen half, fragte er:

„Wann sehe ich Sie wieder?"

„Morgen Abend."

„Und ich soll bis dahin leben, ohne eine Erinnerung an Sie zu besitzen. Geben Sie mir deßhalb die Blume, welche Sie an Ihrem Busen tragen."

„Bedarf es wirklich eines Gegenstandes, der Sie an mich erinnert? — Ich meines Theils werde diesen Abend und Sie niemals vergessen. Sie reichte ihm die Blume mit den Worten „Gute Nacht."

Der Graf drückte die kleine Hand heftig an seine Lippen und stieg dann wieder die Treppe zu der Gondel hinab; aber gerade auf der letzten Stufe vertrat ihm eine männliche Gestalt den Weg.

„Entschuldigen Sie, mein Herr," sprach eine gedämpfte Stimme auf Französisch; „ich wünsche von Ihnen die Blume zu erhalten, welche meine Cousine Ihnen beim Abschied gegeben hat."

„Wirklich! Und Sie glauben, daß ich sie Ihnen geben werde?"

„Im Gegentheil, ich hoffe, Sie weigern sich, es zu thun."

„Das ist, Herr Corsin, eine sehr vernünftige Hoffnung."

„Sie weigern sich also, mir dieselbe zu geben?"

„Ganz entschieden."

„Dann sage ich Ihnen, daß Sie ein elender Verführer sind, welcher das Vertrauen mißbraucht, das man in seine Ehre setzt, indem man ein junges Mädchen dessen Händen übergibt. Sie sind ein Schurke, und dieß mein Herr, werde ich Ihnen sagen, wo wir uns auch begegnen."

„Sie werden das nicht zu wiederholen brauchen, Herr Corsin. Morgen früh wird einer von meinen Freunden Sie besuchen. Bon soir, Monsieur."

Mit diesen Worten nahm der Graf den Hut ab und entfernte sich.

Am nächsten Vormittag brachte man in die Wohnung des Obersts, welche auch diejenige von Monsieur Corsin war, des letzteren Leichnam zurück.

Lord D., welcher bei dem Duell Corsins Sekundant gewesen war und an der Spitze des traurigen Zuges einherschritt, riß heftig die Thüre des Salons auf, in welchem Gabriella, der Oberst und Birger sich befanden, trat, gefolgt von denen, welche den Todten trugen, ein und sprach:

„Corsin ist in einem Duell mit dem Grafen Stralsvärd gefallen."

Als diese Worte ausgesprochen wurden, wandte sich Gabriella, welche unter der offenen Balkonthüre stand und auf den Kanal hinausschaute, hastig um. Ihr Blick fiel auf den blutigen Leichnam, welchen man eben niederlegte — sie stieß einen Schrei der Verzweiflung aus und stürzte besinnungslos zu Boden.

XV.

O Wettern! Blaues Auge, Gothlands Zier
So drohend finster und so licht und klar,
Still wie des Himmels Wölbung über Dir,
Ach! Deine Wogen lächeln wunderbar!
Octavia Carlén.

In der malerischen und wirklich wunderschönen Umgegend von ***köping lag am Ufer des Wetternsee's ein Besitzthum, von hohen Wäldern und Bergen begrenzt und durch die Masse von Bäumen und Klippen, welche es auf der Landseite einschloß, von der übrigen Welt wie abgeschieden. Von fruchtbaren Feldern oder Aeckern war Nichts in der Nähe zu entdecken, vielmehr schien es in Folge einer Laune des Besitzers am Ufer des Wettern mitten in einer Waldlichtung angelegt zu sein.

Das Wohnhaus war in prächtigem Styl erbaut, mit Marmor bekleidet, und glich mehr einem Schloß, als einem gewöhnlichen Landsitze.

Rings um das Haus war ein Garten angelegt, worin man alles Schöne fand, was das Reich der Blumen bieten kann. Dieses kleine Gebiet der Flora wurde nach Art eines Rahmens von einem gigantischen Fichtenwald umschlossen, welcher mit seinem hohen Ernste gegen das lächelnde Blumenland seltsam abstach.

Der Weg durch den ungebahnten Wald war, wie es schien, mit großen Kosten angelegt worden.

In einiger Entfernung von dem Wohnhause und mehr nach der Landstraße zu war ein Pavillon mit einigen geringern Gebäuden errichtet.

Die Eigenthümerin von diesem Waldschloß, wenn man sich so ausdrücken darf, war eine seltsame Frau, ein ungelöstes Räthsel für diejenigen ihrer Nachbarn, welche sich einige Kunde von ihr verschafft hatten.

Sie war manches Jahr im Ausland gewesen. Zehn Jahre vor dem Zeitpunkt dieser Periode unserer Erzählung war Wettersnäs angekauft worden. Man hatte durch einen Bevollmächtigten die Gebäude aufführen und alle Anlagen machen lassen, so daß vier Jahre später, als sie in ihrer neuen Heimath anlangte, Alles fertig war.

Seit dieser Zeit hatte sie ununterbrochen daselbst gewohnt, ohne bei ihren Nachbarn einen Besuch abzustatten, oder sich ihnen auf irgend eine Weise zu nähern.

Ob sie jung oder alt, schön oder häßlich war, wußte man nur durch Ausfragen der Diener; und ein großer Theil von diesen konnte nur höchst unvollständige Aufklärungen geben, weil sie dieselbe nur im Vorübergehen oder sehr flüchtig zu Gesicht bekamen.

Früh am Morgen pflegte sie ganz allein auszureiten, und dann nahm sie stets ihren Weg nach dem Seeufer; oder nach dem ungebahntesten Theil des Waldes. Den Tag über hielt sie sich fast ununterbrochen in ihrem Zimmer auf; am Abend machte sie einen Spaziergang nach dem Strand, oder ließ sich auf einem Berge nieder, an welchen seufzend die Gewässer des See's anschlugen. Wenn es stürmte und die brausenden Wogen sich mit Wuth am Strande brachen, konnte sie auf dem Berge liegen und auf das Brüllen an seinem Fuße horchen, bis der Tag wieder graute.

Es geschah sogar an einem klaren und friedlichen Sommerabend, daß sie träumend auf der Höhe desselben sich vergaß, und dann fand die Morgensonne sie in Thränen gebadet.

Zuweilen kam es einmal vor, daß sie langsam und wie mit scheuen Schritten hinunter in den üppigen Blumengarten wanderte, welcher das prachtvolle Gebäude umgab.

Bei ihrer Ankunft aus Frankreich in Schweden bestand ihre Reisegesellschaft aus zwei jungen Damen, einer ältern Französin und einer Art von Intendanten.

Dieser letztere nahm das Besitzthum sogleich unter seine Aufsicht, und er war es, mit welchem die Dienerschaft zu verkehren hatte.

Die seltsame Herrscherin über dieß alles nannte sich Frau von Saint Sue. Sie war eine Schwedin, aber mit einem Franzosen vermählt gewesen und als Wittwe wieder nach Schweden zurückgekehrt.

Es war ein sonniger, heiterer Juniabend. Der Wetternsee lag so blau und klar da, mit einer Fluth von Sonnengold über seinem Krystallbecken ausgebreitet. Die Ufer glichen ein paar Armen, welche die Wasserfläche mit ihrem Bogen umschlangen.

Seinen stolzen Bau mit den Marmorpfeilern und der Blumeneinfassung in dem klaren Gewässer abspiegelnd, glich Wettersnäs, dergestalt von der Abendsonne beleuchtet, einem von Venedigs Palästen, welcher durch Zauberei mitten in den finstern und hohen nordischen Fichtenwald versetzt worden war.

Auf dem See waren zwei Boote sichtbar.

Das eine war von Wettersnäs abgestoßen und wurde von ein paar Dienern gerudert; in demselben saßen zwei Frauengestalten.

In dem andern, welches von dem entgegengesetzten Ufer kam, befanden sich zwei junge Männer. Ein Fischerknabe führte das Ruder.

„Nun, Ernst," sagte der eine derselben in eigenthümlich lebhafter, hastiger Ausdrucksweise, „was Neues, seitdem ich zum letzten Mal hier gewesen bin?"

„Der Wettern ist sich noch immer gleich, wie Du siehst, mein lieber Alrik, und hat sich in den zehn Jahren, da Du von der Heimath fern warest, nicht verändert."

„Nein, Gott sei gelobt, er ist wenigstens derselbe geblieben," rief Alrik, nahm den leichten Strohhut ab, schleuderte ihn in das Boot hinein, fuhr mit der Hand über die hohe, breite Stirne, warf sich sofort rückwärts auf seinen Sitz und streckte die Arme aus, als ob er irgend Jemand umfassen wollte, indem er mit excentrischer Wärme in die Worte ausbrach:

„O, Du mein schönes, liebes und theures Vaterland, wie fühle ich mich so glücklich, Dein Sohn zu sein! O Schweden, Schweden, Du meine stolze

und arme Heimath, wenn ich doch an mein hoch-
klopfendes Herz Dich drücken könnte!"

„Immer gleich exaltirt," fiel Ernst mit einem
beinahe mitleidigen Lächeln ein.

„Bah! Du willst doch nicht, daß ich wie eine
Fischmöve still sitzen soll, da ich wieder hier bin,
hier zu Hause, in meinem Heimathlande, da ich mich
auf dem stolzen, lieben Wettern schaukle. Ich möchte
mich in diese Fluthen stürzen, um mich von ihnen
umfangen zu lassen; ich möchte gleich den Ufern
seine ganze Fläche mit meinen Armen umspannen."

„Thorheiten," murmelte der Andere, indem er
gleichfalls den Hut abnahm, während er in kaltem
Ernste mit der Hand über die Stirne und durch
das Haar fuhr.

„Und warum sind es Thorheiten, daß ich mit
jeder Fiber der Seele mein Vaterland liebe, daß
jeder Blutstropfen sich freut, wieder daheim zu sein?"
rief Alrik und richtete sich heftig empor. Wäre es
vielleicht besser, wenn ich mit Verachtung gegen das
Geburtsland und mit Hohn auf den Lippen über
Alles, was schwedisch ist, zurückkäme?"

„Das will ich durchaus nicht behaupten, aber
das liebe Schweden hat auch seine Schattenseiten."

„Welches Land gibt es wohl, das nicht dergleichen
hat? Ich, der ich ganz Europa durchreiste,
habe nicht eines gefunden, welches nicht damit behaftet
wäre; aber je mehr ich gereist bin, je mehr
ich gesehen habe, desto lieber wurde mir mein armes
Vaterland, desto stolzer fühlte ich mich, sein Sohn
zu sein — ein Sohn des Volkes, das immerdar
frei und redlich gewesen ist und bleiben wird."

„Das wäre doch viel gesagt," antwortete Ernst lächelnd, „aber man schweigt still. Wollen wir gleich am ersten Tage, da wir nach vieljähriger Trennung wieder beisammen sind, mit einander streiten?"

„Und was würde das ausmachen?" sagte Ulrik lachend und warf sich wieder in das Boot zurück. „Ich geriethe in Feuer und Flammen, Du bliebst ruhig — und nachdem wir uns gezankt und den Jungen da durch lauter Schrecken um die Besinnung gebracht hätten, wären wir wieder so gute Freunde wie zuvor. — Ist es nicht schön hier auf dem Wettern?"

„Ja, es ist recht schön."

„Ach, Du unvergleichliches Sauermilchfaß, der Du von Nichts Dich erwärmen oder beleben lässest, sondern ewig unter der normalen Entwicklung Deiner Gefühle stehst."

„Was weißt Du davon, mein lieber Ulrik! Betrachte jetzt den Wettern. Ist jetzt dessen Fläche nicht so spiegelklar, daß es Dir schwer fällt, zu begreifen, wie sie jemals anders werden kann; und dennoch schlummern Sturm und Aufruhr in seiner Tiefe. So ist es auch mit unserer normalen Ruhe. Wir scheinen ruhig, so lang Nichts unsere Leidenschaften aufregt; aber laß einen Druck von außen sie in Bewegung setzen, und aus ist es mit der Ruhe."

„Ich möchte doch wissen, was das für eine Macht sein müßte, welche Deine Gefühle dermaßen aufregen könnte, daß sie Namen, Ehre und Würde von Leidenschaften verdienen. Ich bin vollkommen überzeugt, daß Deine stoische Ruhe sich niemals verleugnen wird."

„Aeußerlich vielleicht nicht; aber merk' Dir, Alrik, wie es in der verschlossenen Brust aussieht, das ist eine ganz andere Frage. Du bist ohne Selbstbeherrschung: allen Deinen Eindrücken gestattest Du freien Ausbruch. Exaltirt und heftig, weißt Du Deinen Gefühlen keinen Zügel anzulegen, sondern lässest Dich von einem Extrem zum andern hinreißen. Ich dagegen bin verschlossen und vorsichtig, nicht sonderlich excentrisch, und behalte darum, was ich fühle, bei mir."

„Ja, Du bist gerade so ein lichtscheinender Bursche, aus dem Niemand recht klug wird."

Ernst schwieg und sah auf das Wasser hinaus. Er wurde des Bootes gewahr, das von Wettersnäs kam.

„Ach, ein Boot," rief er; „das kommt bestimmt von Wettersnäs."

„Wettersnäs, was ist das für ein Ort?" fragte Alrik heftig und sprang so rasch auf, daß das Fahrzeug dadurch in starkes Schaukeln gerieth.

„Wenn Du noch mehr dergleichen Sprünge machst, so werden wir sogleich Deinem eben ausgesprochenen Wunsche gemäß das Vergnügen haben, uns von den Wogen des Wettern umfangen zu lassen," entgegnete Ernst.

„Ist das eine Antwort auf meine Frage?"
„Was Wettersnäs für ein Ort ist?"
„Ja; — aber zum Teufel, so sag' es mir doch."
„Schau gerade aus, und Du siehst es."
„Ah!"

Mehr sagte Alrik nicht, sondern blieb eine Weile, die Arme über die Brust gekreuzt, stehen und heftete den Blick auf das schöne, romantisch gelegene Besitzthum.

Mittlerweile glitten die Boote langsam auf einander zu, ohne daß Alrik darauf Acht gab. Ernst dagegen ließ das Boot nicht aus dem Auge.

Plötzlich wurde das Stillschweigen durch einige Akkorde auf einer Guitarre unterbrochen, und unmittelbar darauf sangen zwei klare und frische Stimmen „des Nordländers Heimweh."

„Wie sehnst du dich zurück zum Heimathland,
Mein Herz, und schlägst so unruhvoll rc."

Den Elnbogen auf das Geländer des Bootes, den Kopf auf die Hand gestützt, lauschte Ernst.

Alrik war bei den ersten Tönen zusammengefahren, als ob er aus einem Traume erwachte; dann blieb er unbeweglich stehen und folgte mit den Augen dem Boote, von wo der Gesang kam.

Die Boote befanden sich indessen, als sie an einander vorüberfuhren, doch noch in solchem Abstande, daß man das Aussehen der Personen, welche darin saßen, nicht unterscheiden konnten.

Je weiter das Boot sich entfernte, desto schwächer wurde der Gesang, bis er endlich ganz verstummte.

Mehre Minuten verflossen, ohne daß einer von den beiden jungen Männern ein Wort sprach. Alrik war der Erste, welcher das Stillschweigen brach.

„Wer waren die Sängerinnen?" fragte er.

„Die Fräulein Wolf."

„Sehr genügende Auskunft," bemerkte Ulrik und ließ sich wieder im Boote nieder. „Du dürftest Dich gefälligst erinnern, daß ich seit unserer Mutter Tod — und das sind nun zehn Jahre, nicht hier gewesen bin, folglich weiß ich nicht, wie dieser Palast entstanden ist, und ebenso wenig, wer die Fräulein Wolf sind; Du hingegen bist fünf Jahre lang Landvermesser gewesen und mußt es demnach wissen."

„Wahr," entgegnete Ernst lächelnd; „und da der Palast und die Fräulein in naher Beziehung zu einander stehen, so muß ich Dir wohl zuerst von jenem, und hernach das Wenige, was ich weiß, von letztern erzählen."

Ernst berichtete nun, was der Leser über die Entstehung von Wettersnäs und dessen Eigenthümerin bereits weiß. Er schloß mit den Worten:

„Die beiden jungen Mädchen sollen Cousinen der Frau von Saint Sue sein; durch den Tod ihres Vaters, eines gewesenen Legationssekretärs, geriethen sie in sehr dürftige Umstände, da nachträglich noch der Konkurs gegen ihn erkannt wurde. Nun nahm die Wittwe sie bei sich auf, und sie theilen jetzt mit ihr den Ueberfluß, den sie besitzt"

„Sind sie jung?"

Ernst wechselte ein wenig die Farbe, antwortete aber ruhig:

„Die eine ist sechs-, die andere siebenundzwanzig Jahre alt."

„Wie sehen sie aus?"

„Gut," war die lakonische Antwort.

„Du kennst sie?"

„Ja."

„Du hast also Zutritt bei der Einsiedlerin?"

„Nein; sie empfängt niemals Fremde."

„Das wäre der Teufel. Und wenn man sich bei ihr vorstellen will, wie benimmt sie sich da?"

„Sie läßt durch einen Diener antworten, daß sie keinen Besuch annimmt, und nach einer solchen Abweisung fühlt man sich eben nicht geneigt, das Experiment zu erneuern."

„Eine liebenswürdige Frau, bei meiner Ehre. Wie sieht sie aus?"

„Darüber kann ich Dir keinen Aufschluß geben. Ich habe niemals ihr Gesicht so deutlich gesehen, um beurtheilen zu können, ob sie schön oder häßlich ist."

„Und Du wohnst schon über vier Jahre in ihrer Nähe? Wahrhaftig, das spricht zu großem Vortheil für Deine Ruhe und Deinen Mangel an Einbildungskraft. Das Leben dieser Frau hat etwas so Romantisches, daß ich nicht eine Woche hier leben könnte, ohne zu wissen, wie sie aussieht."

„Obwohl Du mir den Sinn für das Romantische absprichst, kann ich Dir doch versichern, daß Frau von Saint Sue eine wirkliche Seelenpein für mich gewesen ist. Seit vier Jahren wohnt sie am Ufer, meinem Heimathsitze gerade gegenüber. Ich hatte ihre stolze, prachtvolle und doch so öde Behausung vor meinen Augen. Ganze Tage und oft tief in die Nacht hinein bin ich dagesessen und habe mir das säulengeschmückte Gebäude auf dem gegenüberliegenden Strande betrachtet und mich in Muthmaßungen über die seltsame Besitzerin erschöpft. Stunden lang bin ich versteckt in meinem Boote gelegen und habe mir sie angesehen, wie sie unbeweglich, gleich einer Statue, auf der Klippe am Strande ausgestreckt lag; aber ich wagte niemals mich so weit in ihre Nähe, um die Gesichtszüge derselben mir deutlich machen zu können. Daß sie noch jung ist, das weiß ich. Vier Jahre stand sie wie ein Gespenst, wie ein Phantom vor meiner Einbildung, von dem ich nicht los werden konnte, von dem ich mir aber auch kein deutliches Bild zu entwerfen vermochte. All das Mystische, das sie umgibt, ist geeignet, auf eine peinliche Weise die Phantasie aufzuregen, und oft habe ich gewünscht, daß Frau von Saint Sue und ihre schweigsame Burg weit entfernt von mir und meiner Wirksamkeit wäre. Sie hat meine Aufmerksamkeit und meine Gedanken viel zu sehr in Anspruch genommen."

Ernst schwieg.

„Hast Du versucht, Zutritt bei ihr zu erlangen?"

„Auch das habe ich versucht; aber ich wurde von dem Intendanten empfangen und erhielt den Bescheid, daß Madame außer Berührung mit ihren Nachbarn bleiben wolle."

„Das ist ein verteufelt seltsames Menschenkind," rief Alrik, indem er sich schnell aufrichtete, und setzte dann in munterem Tone hinzu:

„Willst Du wetten, daß ich in drei Tagen diesen Eremiten im Unterröckchen gesehen und mit ihm gesprochen habe?"

„Was würde eine solche Wette nützen? Ich weiß zum Voraus, daß ich sie gewinne."

„Bist Du dessen so gewiß?"

„Vollkommen."

„Nun wohl, Du kennst meine Beharrlichkeit und weißt, daß, wenn ich Etwas will, ich es auch zu Stande bringe. Ich will nun einmal diese Frau sehen, und in drei Tagen werde ich sie gesehen und gesprochen haben."

„Sehen kannst Du sie sogleich, obwohl nur auf einen gewissen Abstand," antwortete Ernst und deutete mit der Hand auf eine vorspringende Klippe, welche sie vor sich hatten.

„Rudere gerade auf die Klippe zu," befahl Ulrik.

Der Knabe sah ihn erstaunt und mit offenem Munde an, indem er das Ruder ruhen ließ.

„Ulrik, was fällt Dir ein," fiel Ernst ein.

„Du sollst nach der Landspitze dort zurudern, hörst Du? — Nun, warum zögerst Du?"

„Dorthin kann ich nicht rudern; das geht nicht."

„Du kannst nicht?"

„Nein."

„So kann ich es," rief Ulrik. Mit einem Griff war der Knabe von der Ruderbank hinweggeschoben, im nächsten Augenblick der Rock abgeworfen, dann nahm er selbst das Ruder zur Hand und das Boot steuerte gerade auf die Landspitze zu.

Der Punkt, auf welchen Ulrik jetzt zuhielt, war eine hohe Klippe, welche beinahe senkrecht in das Wasser abfiel und mehrere Klafter über dasselbe emporragte. Die Spitze derselben bildete eine ziemlich große Plattform. Der Berg senkte sich terrassenförmig nach der Landseite hin und war mit Laub-

und Nadelholz bewachsen. Wenn man übrigens auch um den Fuß der Klippe herumruderte, konnte man die Gesichtszüge der Person, welche auf der Plattform lag, nicht unterscheiden.

Während Ulrik das kleine Fahrzeug ruderte, hielt er die Augen auf den Berg gerichtet, als ob er durch seine Willenskraft die Sehorgane zwingen wollte, jede Linie des Angesichts, das dort sich darstellte, zu erforschen.

Auf der äußersten Kante der Plattform, so nahe am Rande des Berges, daß ein Theil der Kleidung darüber herabfiel, lag eine Frauengestalt ausgestreckt. Die beinahe durchsichtigen, üppigen Falten des Gewandes ließen sie wie in einer Wolke erscheinen, welche halb über dem Berge, halb über dem Wasser schwebte.

Es ließ sich deutlich wahrnehmen, daß sie sich auf den einen Elnbogen stützte, und der Kopf auf der Hand ruhte. Sie war so unbeweglich, daß man sich versucht fühlte, sie für ein lebloses Wesen zu halten.

Die letzten Strahlen der Abendsonne fielen auf ihr Haupt, und Ulrik, welcher jeden Nerv seiner Sehorgane anstrengte, konnte bemerken, daß sie das Antlitz in die Höhe gerichtet hatte, und daß ihr Haar, von der Sonne übergossen, einem goldenen Heiligenschein glich.

„Die sieht doch akkurat wie ein Gespenst aus," sagte der Fischerknabe, welcher zusammengekauert im Vordertheil des Bootes saß. „Da liegt sie, um die Fische zu verscheuchen, denn sieh, ich habe gehört, daß sie mit dem Bösen im Bunde steht; denn sieh —"

„Schweig, Du Esel," gebot Ulrik und hemmte damit seinen Redefluß.

Wiederum trat eine Stille ein, und beide, Ulrik und Ernst, hefteten ihre Augen auf die weiße Gestalt.

Plötzlich wandte Ulrik das Boot und ruderte mit raschen und kräftigen Schlägen von der Landspitze hinweg, stand dann auf und sagte zu dem Knaben:

„Fahre nach Hause!"

Wettersnäs lag in einer Bucht des Sees (wo und welche, gehört nicht hieher), so daß man von dort aus das am jenseitigen Ufer liegende kleine, aber hübsche Elbaka sehen konnte, und dorthin steuerten unsere jungen Männer ihr Fahrzeug.

Auf dem Heimweg wurde kein Wort gewechselt. Als sie ans Land gestiegen waren und die Allee hinaufgingen, fragte Ernst:

„Nun, Ulrik, wie gefiel Dir die Erscheinung auf dem Berge?"

„Sie gefiel mir ganz und gar nicht. Ich dachte unaufhörlich, sie könnte in den See stürzen."

„So habe ich sie vier Jahre lang, halb schwebend über dem Wasser, liegen sehen und mit einem eigenthümlich wunderbaren, fast religiösen Gefühle das seltsame Bild betrachtet."

„Und Du hast nicht den Berg in die Luft gesprengt oder bist mit Gewalt in ihre Burg eingebrungen, um die Gewißheit zu gewinnen, ob diese Frau unglücklich ist, oder zu erfahren, warum sie so abgeschieden lebt. Ich könnte nicht eine Nacht schlafen, ohne ihr Angesicht geschaut und darin den Ausdruck der Empfindungen, von welchen sie beherrscht wird, gelesen zu haben."

„Ich kann nicht mit Sturm ihr Geheimniß erobern. Mit Gewalt in dasselbe eindringen wollen, wäre ein Unterfangen, das, gelinde ausgedrückt, den Namen der Unverschämtheit verdiente. Uebrigens, lieber Alrik, wirst Du wohl noch eine und mehrere Nächte schlafen müssen, ehe Du ihr Angesicht zu schauen bekommst."

„Wir wollen sehen. Gustav Wasa gelang es durch Muth und Willenskraft, aus der dänischen Gefangenschaft zu entfliehen und den Unterbrücker vom schwedischen Boden zu verjagen und sich selbst zum König zu machen. — Napoleon I. wurde durch die Macht seines Willens Kaiser von Frankreich — und ich sollte mit meinem Willen es nicht dahin bringen, das Antlitz einer Frau zu sehen, welche mir gegenüber wohnt, welche sich durchaus nicht eingeschlossen hält, sondern sich außerhalb ihres Territoriums sehen läßt?"

XVI.

Die Sonne war im Westen zur Ruhe gegangen, und die Sommernacht breitete ihren klaren Mantel über die Natur aus. Alles um Ekbaka herum war so still, daß der krystallhelle Wetternsee zu lauschen schien, was die am Ufer stehenden Felsen sich zu erzählen hätten.

Es war so still, daß man den Flug einer Mücke, das Fallen eines Blattes hören konnte. Nicht das leiseste Rauschen in den Bäumen, nicht das schwächste Plätschern am Strande unterbrach das Schweigen. Es war, als ob der Schöpfer seine Hand ausgestreckt und Frieden und Ruhe geboten hätte.

Plötzlich vernahm man das Geräusch einer Thüre, welche auf- und zugemacht wurde, und unmittelbar hernach einen hastigen und raschen Schritt auf dem Sandwege, welcher von dem Wohnhause zu Elbaka nach dem Strand führte.

Es war ein Menschenkind, welches mit seiner Unruhe das Schweigen in der stillen Natur störte.

Gleich darauf glitt ein Boot vom Lande ab, und rasch auf einander folgende kräftige Ruderschläge kräuselten die im Monde silberglänzende Fläche. Das Boot steuerte direkt auf Wettersnäs zu.

Als Ulrik — denn er war es — ungefähr die Hälfte des Wasserwegs zwischen den beiden Besitzungen zurückgelegt hattte, hielt er mit dem Rudern an und schaute nach der Bergspitze aus. Im Mondschein bemerkte er ganz deutlich, daß die weiße Gestalt noch dort lag.

Nachdem er sich überzeugt hatte, daß sie auf dem Berge war, fuhr er mit verdoppelter Kraft wieder auf Wettersnäs zu, welches tiefer in der Bucht lag.

An der Brücke daselbst band er sein Boot an und schlug dann mit keckem Schritt den Weg nach der Spitze den Berg hinauf ein. Einen Fußsteig aufzusuchen, dazu nahm er sich nicht Zeit, sondern bahnte sich seinen Weg durch Busch und Strauch.

Nach halbstündigem Klettern befand er sich auf dem Theile des Berges, der mit einem kleinen Gehölz bewachsen war und die eine Hälfte der Plattform ausmachte.

Der Theil, welcher nach dem See hin lag, war augenscheinlich ausgerodet worden und nur mit einem weichen Rasenteppich bekleidet.

Alrik, welcher sehr schnell gegangen war, blieb stehen, als er die Spitze des Berges erreicht hatte, und sah sich nach einer Oeffnung unter den dicht stehenden Bäumen um, die Person zu entdecken, welche er suchte.

Er fand in Kurzem, daß ein schmaler, ausgehauener Pfad nach dem freien Platze führte; aber noch gewahrte er die nicht, welche er zu finden wünschte.

„Sollte sie den Berg verlassen haben?" sprach Alrik bei sich selbst.

Mit diesem Gedanken marschirte er auf dem schmalen Pfade vorwärts und befand sich bald am Ziele seines nächtlichen Ausflugs. Aber bei dem ersten Schritt auf den freien Platz hinaus blieb er stehen, um einen Augenblick die Erscheinung zu betrachten, die er vor sich sah.

Eine schlanke Frauengestalt lag völlig ausgestreckt auf dem weichen Moose; das Haupt ruhte gleichfalls auf demselben; das Angesicht schaute zum Himmel empor, die Arme waren über den Kopf geworfen und die Hände gefaltet. Es schien, als ob sie nach einem angstvollen Gebet in einem Augenblicke der Verzweiflung sich rücklings niedergeworfen und zugleich ihren letzten Seufzer ausgehaucht hätte.

Ob sie noch lebte, war schwer zu entscheiden, so todesbleich und unbeweglich sah sie aus.

Eine Masse lichter, goldener Locken, lang und wirr, umwogte das starre Antlitz mit dem an den Himmel gehefteten Blick, überfluthet von den bleichen Strahlen des Mondes.

Von dem Punkte aus, wo Alrik stand, ließ sich keine Bewegung der Brust entdecken, woraus zu erkennen gewesen wäre, daß sie noch athmete; sondern sie schien vollkommen leblos — und doch weilte auf diesen tobtenähnlichen Zügen ein Ausdruck von entzückender Demuth und unermeßlichem Kummer.

Man konnte sie nicht sehen, ohne sogleich zu begreifen, daß dieses Herz von einem gräßlichen, unnennbaren Schmerz zermalmt worden war, und man fühlte sich bei dem Anblick davon beinahe zu Thränen gerührt.

Einen solchen Eindruck erfuhr auch Alrik. Er war hieher gekommen, verleitet von seiner Neugierde, seiner Einbildung und seinem Verlangen, über Hindernisse zu siegen, und da stand er nun, stumm und unbeweglich beim Anblick dieser noch jungen Frau. Eine Thräne drängte sich ihm unwillkürlich ins Auge, und völlig unbewußt murmelte er:

„Du Arme! Unter welchem schrecklichen Schmerz ist Dein Herz gebrochen!"

Mit diesen Worten trat er, fest überzeugt, daß sie besinnungslos sei, weiter vor und beugte sich zu ihr nieder.

Bei dieser Bewegung fuhr sie hastig zusammen und sprang auf. Nun aber stand sie so nah am Rande der Klippe, daß es nur einer leichten Lockerung des Rasenstücks, worauf sie stand, bedurfte, und sie wäre rücklings in die Wogen des Wetternsees gestürzt.

Alrik schauderte und war im Augenblick an ihrer Seite, legte kühn seinen Arm um ihren Leib und hob sie mitten auf die Plattform herein. In demselben Momente wich der Rasen und stürzte den Berg hinab in das Wasser.

„Verzeihen Sie, daß ich Ihnen Schrecken einjagte," sprach Alrik mit etwas unsicherer Stimme. „Vergeben Sie mir auch meine Kühnheit, daß ich Sie so gegen Ihren Willen von einem Punkte auf einen andern versetzte. Meine Entschuldigung liegt in der Gefahr, worin ich Sie schweben sah, wenn das Moosstück sich abgelöst hätte, während Sie noch auf dem Rande standen. Meine Unbedachtsamkeit, mich hieher zu drängen, hätte Ihnen das Leben und mir meinen Seelenfrieden kosten können."

„Der letztere wäre mehr werth gewesen, als das erstere. Wer sagt Ihnen, daß Sie damit nicht ein gutes Werk vollbracht hätten? Nicht alle Menschen passen für das Leben," antwortete Frau von Saint Eue mit einer eigenthümlich tonlosen Stimme.

Sie strich sich mit beiden Händen das Haar zurück und setzte dann hinzu:

„Was führte Sie hieher?"

„Ich könnte sagen: mein Wunsch, von dieser Höhe aus den Wetternsee zu übersehen; aber ich lüge niemals, darum gestehe ich aufrichtig, daß es meine Neugierde war."

„Ach, mein Herr, Sie wollen eine arme, einsame Frau belauern?"

„Nicht belauern — ich wollte blos die Person sehen, welche durch ihre absonderliche Lebensweise die Aufmerksamkeit der ganzen Gegend auf sich zieht. Ich wollte dieses mystische Wesen schauen, das noch Niemand recht zu Gesicht bekommen hat.

„Mein Herr, Sie verletzen, um nicht zu sagen, Sie beleidigen mich."

„Die Wahrheit — soll sie denn stets verletzen? Wenn ich mein Hiersein durch irgend einen erdichteten Grund erklärt hätte, so wäre ich bei Ihnen entschuldigt gewesen, nun aber, da ich Ihnen ehrlich die Wahrheit gestehe, fühlen Sie sich dadurch beleidigt. Glauben Sie mir, Madame, ich achte den Kummer, der in Ihrem Angesicht zu lesen steht, und würde Sie niemals auf solche Art gestört haben, wenn ich geahnt hätte, daß ich hier oben in Ihrer Miene den Ausdruck eines Schmerzes finden würde, welcher mir selbst das Herz zusammenpreßt."

„Und nun, nachdem Sie in meinem Angesicht gelesen haben, werden Sie mich verlassen, nicht wahr?" sagte sie in beinahe bittendem Tone.

„Ja, für heute Abend," antwortete Alrik und verbeugte sich.

„Wie, mein Herr?" rief Frau von Saint Sue, indem sie mit einer eigenthümlichen Bewegung von Unruhe und Stolz den Kopf zurückwarf.

„Morgen werde ich mich erklären."

„Morgen? Haben Sie nicht genug über mich

gehört, um zu wissen, daß ich niemals Besuche annehme? Ihrer Neugierde, mich zu sehen, haben Sie nunmehr Genüge geleistet; aber ich bitte Sie, ersparen Sie mir die Unannehmlichkeit, Sie noch einmal zu Gesicht zu bekommen. Ich müßte Ihnen dann die ungastliche Begegnung angedeihen lassen, welche Jedermann erfährt, der sich mir nähern will, nämlich Ihnen meine Thüre verschließen."

„Und sollten Sie mich auch zwanzigmal abweisen, würde ich doch zum einundzwanzigsten Male wieder kommen; ja ich würde so lang wiederkehren, bis Sie sich gezwungen sähen, mich einzulassen."

„Ach! mein Herr, das wäre eine unedle Verfolgung gegen ein Wesen, das im Leben nichts mehr zu eigen hat als seine Einsamkeit. Nein, Sie können einer fremden Person, die Sie niemals gekränkt hat, nicht so großes Leid anthun, daß Sie ihr das Einzige, was ihr werth ist, ihre vollkommene Absonderung von der übrigen Welt rauben."

Frau von Saint Sue war bei diesen Worten Ulrik einen Schritt näher getreten und faltete mit einem Ausdruck der Angst ihre Hände.

„Warum sollten Sie dieß thun?" setzte sie hinzu.

„Weil Sie unglücklich sind," entgegnete Ulrik, indem er gleichfalls vorwärts trat, und fuhr mit Ernst fort:

„Sie meinen, Sie seien mir fremd; das ist ein Irrthum. Es ist hier Etwas" — er legte die Hand auf die Brust — „das mir sagt, daß nicht blos der Zufall und meine Neugier mir die Idee eingab, Ihre Nähe aufzusuchen, sondern daß es eine Fügung des Schicksals war. Als ich Sie anscheinend leblos daliegen fah, da dachte ich: sollte diese unglückliche Frau nicht todt sein, sondern noch leben, so will und werde ich ihr Freund sein. Sehen Sie, Madame, noch niemals bin ich einem Gelübde untreu geworden, das ich mir selbst oder einem andern abgelegt habe."

„Ich will aber keinen Freund haben," sagte Frau von Saint Sue düster. „Ich habe das Gelübde gethan, niemals einen solchen besitzen zu wollen. Die Einsamkeit ist Alles, wornach ich trachte."

„Aber sie ist stumm und hat keinen Trost."

„Eben darum paßt sie für mich. Ich flehe Sie daher an, kehren Sie dahin zurück, woher Sie gekommen sind, und lassen Sie mich in diesem Winkel der Welt ungestört leben und sterben."

„Und bäten Sie mich auf Ihren Knieen, ich könnte Ihnen nicht willfahren."

„Sie zwingen mich also, mein Herr, in meinem Zimmer eingeschlossen zu leben?"

„Ich werde Sie niemals außerhalb Ihres Hauses verfolgen, darauf gebe ich Ihnen mein Wort."

„Ich danke."

„Gestatten Sie mir jetzt, Sie den Berg hinab zu begleiten."

Er bot ihr seinen Arm. Sie nahm ihn schweigend an, aber bevor sie die Plattform verließen, deutete Alrik mit der Hand über den See hinüber und sagte:

„Dort liegt meine Heimath, Elbaka. Mein Name ist Welwort."

Frau von Saint Sue verneigte sich schweigend,

und sie wanderten, ohne ein Wort weiter zu sprechen, den Berg hinab.

Am Fuß desselben zog sie ihren Arm aus dem seinigen.

Alrik nahm den Hut ab und war im Begriff, sich zu entfernen, als sie in bekümmertem Tone sagte:

„Herr Welwort, wir scheiden doch für immer?"

„Madame, Alrik Welwort würde, so wenig er Sie auch kennt, doch sein Leben aufopfern, um Ihren Kummer zu mindern; aber er kann diejenige, welche unglücklich ist, nicht sich selbst überlassen."

„Seltsamer Mensch, der nicht begreifen will, daß Einsamkeit mein einziges Glück ist."

„Eines Tags, Madame, werden Sie mir vielleicht danken, daß ich Sie nicht begreifen wollte."

Alrik verbeugte sich und verschwand unter den Bäumen.

Als Alrik sich wieder im Boot befand und sich eine Strecke weit von Wettersnäs entfernt hatte, hörte er auf zu rudern und ließ das kleine Fahrzeug liegen und nach Belieben sich schaukeln, während er in Gedanken folgenden Monolog hielt:

„Seltsames Spiel des Schicksals, das mich hieher und dieser Frau in den Weg führen mußte. Wie das Leben sich auch gestalten mag, so bin ich durch meinen Willen an sie gefesselt. Ich habe einmal zu mir selbst gesagt: ich will ihr Freund werden, sie mit dem Leben und mit dem Schicksal versöhnen — und sollte ich bei diesem Bemühen selbst unglücklich werden, will ich doch in meinen Anstrengungen nicht eher aufhören, als bis es mir gelungen ist. — Was lag in diesem Angesicht, das mich zwang, einen solchen Vorsatz zu fassen? — Sie ist nicht schön, sie kann nicht einmal hübsch genannt werden; und dennoch, als ich sie wie todt von ihrem innern Schmerz da liegen sah, hätte ich mit meinem eigenen Leben ihr den Frieden erkaufen mögen. Koste es, was es will, so soll und muß dieser Kummer aus ihrer Seele weichen, und Friede und Freude auf dieses Angesicht zurückkehren. Sie soll sehen, was ein guter und felsenfester Wille vermag. Jetzt will ich wieder dessen Macht erproben und sehen, ob nicht er es ist, der uns Gewalt über unser eigenes und das Schicksal Anderer gibt; — ob mit diesem und seinem Verstand der Mann nicht ein höheres Wesen besitzt und bestimmt ist, die Welt zu regieren und umzuschaffen."

„Mein eigenes Schicksal habe ich bisher durch einen ernsten und unerschütterlichen Willen geschaffen; warum sollte ich nicht auch, da die Beweggründe edel sind, das Anderer schaffen können? Gott, der Alles so weise und so herrlich geordnet, hat es auch so eingerichtet, daß unsere Absichten mißlingen, wenn wir etwas Unrechtes zum Gegenstand unseres Willens wählen, oder wenn unser Glaube an ihn und seinen Beistand die Bemühungen unseres Willens nicht unterstützt. Darum frischen Muth, ich habe Ja gesagt, und ich will und werde es durchsetzen."

Er faßte die Ruder und fuhr in kurzer Frist über den See nach Ekbata.

XVII.

Am folgenden Morgen, als die beiden Brüder in dem kleinen Speisezimmer zusammentrafen und von einer älteren Frau mit gutmüthigen und milden Gesichtszügen empfangen wurden, sprang Alrik auf sie zu, nahm sie in seine Arme, hob sie in die Höhe und tanzte mit ihr rings herum, indem er rief:

"Guten Morgen, Du gute, liebe, kostbare Tante. Siehst Du, nun hast Du mich wieder hier, nachdem ich so weit herumgeirrt bin, und jetzt werde ich Dir eine Kirche bauen, so schön, daß Du mit Freuden dahin gehen sollst."

Er stellte sie wieder auf den Boden und bedeckte die kleinen quabbeligen Hände mit Küssen.

"Willkommen in der Heimath, mein Herzensjunge," sprach die alte Frau lächelnd. "Du hättest Deines Vaters bejahrte Schwester mit Deiner Umarmung beinahe erstickt. Aber, mein Himmel, was bist Du in den zehn Jahren, da ich Dich nicht gesehen habe, für ein großer und stattlicher Junge geworden."

Mamsell Bertha Welwort, eine Schwester von Alriks verstorbenem Vater, hatte, seitdem ihre Schwägerin Wittwe geworden, die kummervollen und frohen Stunden des Lebens mit ihr durchgemacht; nicht minder das kleine Kapital, das ihr Eigenthum war, gewissenhaft mit ihres Bruders Kindern und deren Mutter getheilt. Als die letztere starb, blieb sie bei dem jüngsten ihrer Neffen und besorgte das kleine Hauswesen sammt dem Gütchen.

„Nun, nun, liebe Tante, ich bin auch kein heuriges Häschen mehr, ich habe meine fünfunddreißig Jahre, und da muß man wohl ein rechter Kerl sein, wenn man jemals einer wird. Aber höre, Tante Bertha, wo bist Du denn gestern gesteckt, daß Du nicht daheim warest, als ich ankam?"

„Ei, mein Herzchen, ich wußte ja nicht, daß Du vor nächster Woche kommen würdest, wie Du geschrieben hast; und deßhalb war ich auswärts."

„Auswärts, ja, das ist mir wohl bekannt, aber wo? Sieh', davon sagst Du Nichts. Merke Dir wohl, daß Du ein unmündiges Kind bist, und daß ich als Familienhaupt das Recht habe, Dich zur Rede zu stellen."

„Das lautet mir schön," antwortete die Tante lachend. „Nun, da werde ich Dir wohl erzählen dürfen, wo ich gestern steckte."

„Aber rede die Wahrheit, sonst..."

„So habe ich mich wohl vor Dir zu fürchten?" erwiderte die Alte lachend, indem sie Alrik auf die Schulter klopfte und ihm dann mit der Hand über die Stirne fuhr. „So höre, ich war den ganzen Tag bei dem Pastor und half der Pastorin, welche noch ein ganz junges Menschenkind ist, ein Drellgewebe aufziehen. Des Nachmittags traf ich die lieben artigen Fräulein Wolf. Nimm Dich in Acht vor ihnen, Alrik, das sind ein paar sehr schöne Mädchen und für das Herz eines jungen Mannes gefährlich. Frage nur Deinen Bruder."

Dabei lächelte Tante Bertha ganz schalkhaft, während sie sich anschickte, den Kaffee einzuschenken.

„Also hast Du Dich schon verliebt, Du Schelm, und dieß ohne meine Erlaubniß," rief Alrik und machte sich mit einem ganz jugendlichen Appetit über das Frühstück her.

„Die Tante bildet sich das nur ein," antwortete Ernst ruhig. „Die Mamsells Wolf sind ein paar ausgezeichnet schöne und liebenswürdige Mädchen, aber ich bin doch nicht gezwungen, mich in alle schönen Mädchen zu verlieben."

„Nein, Gott bewahre, das genügt bei einer einzigen. Aber à propos der Fräulein Wolf, was ist's mit diesen. Mich dünkt, Du hast sie schon gestern genannt, Ernst?"

„Nun, mein Lieber, es sind ja Kousinen von der verrückten Frau von Saint Sue, welche auf Wettersnäs wohnt," antwortete die Tante. „Ernst hat Dir doch wohl von ihr erzählt, wie ich mir vorstelle?"

„Ein wenig," lautete Alriks lakonische Antwort, und der heitere Gesichtsausdruck verschwand auf einen Augenblick. Es war, wie wenn ein Schatten über seine Miene zöge. „Wie habt ihr, Du und Ernst, sie kennen gelernt? Frau von Saint Sue hat ja mit Niemand Umgang."

„Nein, das weiß Gott. Sie ist so leutscheu, daß sie nicht einmal in die Kirche geht. Das Menschenkind hat gewiß kein gutes Gewissen denn —"

„Das sagst Du, Tante," unterbrach sie Alrik, indem er die Kaffeetasse von sich wegschob und vom Stuhle auffuhr. Wie ist es möglich, daß ein

Mensch solche Schlüsse zieht? Warum soll man in Allem etwas Schlechtes sehen?"

„Ei sieh' doch, da erzürnst Du Dich über Deine alte Tante schon in den ersten Stunden, da wir beisammen sind. Du bist doch immer derselbe Brausekopf, merke ich."

„Deßwegen ein Brausekopf, weil ich alle falschen und ungerechten Schlüsse, verabscheue? Deßhalb ein Brausekopf, weil ich nicht mit kaltem Blute anhören kann...."

„Daß Deine Tante hier unter uns ausspricht, was sie denkt. Du weißt doch genugsam, daß ich davon schweige, wenn wir unter fremden Leuten sind. Setz' Dich deßhalb wiederum nieder und sei ruhig."

„Daß Du aber auch nur denkst, Tante, es liege bei Frau von Saint Sue ihrer Absonderung von der Welt ein Unrecht zu Grunde."

„Was ich denke, thut ihr keinen Schaden, mein Junge. Aber laß' uns auf ihre Cousinen zurückkommen. Als Frau von Saint Sue sich hier niederließ, schrieb sie an den Pastor und bat ihn, seine Gattin möchte sich der Fräulein Wolf annehmen und sie bei den Nachbarn vorstellen, so daß dieselben kein so eingezogenes Leben zu führen brauchten, wie sie für ihre Person liebte. Zugleich ließ sie den Pavillonbau, welcher ganz abgesondert im Park steht, in Stand setzen, und diesen bezogen die Mädchen, zugleich mit einer ältern Frauenperson, einer Französin, welche sie mitgebracht hatte, so daß dieselben ein von jener fast ganz geschiedenes Leben führten. Die Fräulein Wolf haben Umgang in der ganzen Gegend, sehen die Nachbarn bei sich, und ihre Lebensweise gleicht der von andern Leuten. Sie besuchen täglich Frau von Saint Sue, obwohl ihr Beisammensein mit dieser immerdar sehr kurz sein soll. Sie ihrerseits läßt es den Mädchen an Nichts fehlen, sondern umgibt sie mit Allem, was sie wünschen und was zu einem behaglichen und angenehmen Leben gehört."

Tante Bertha schwieg. Ulrik rauchte seine Cigarre und trank seinen Kaffee. Ernst stand am Fenster und betrachtete das gegenüber liegende Gebäude auf Wettersnäs.

Nach einer Pause nahm Tante Bertha wieder das Wort.

„Ernst und ich, wir wurden auf diese Weise durch des Pastors Familie mit ihnen bekannt, und sie sind mehrmals hier gewesen, wie wir auch zu ihnen eingeladen wurden. Es sind ein paar in jeder Beziehung liebenswürdige und dazu stattliche Mädchen."

„Nun, und die Frau von Saint Sue, hast Du diese niemals gesehen, Tante?"

„Ich kann weder ja noch nein sagen, wie alle die andern Nachbarn. Ein paar Mal ist sie, während ich bei dem Pastor war, an mir vorübergeritten, aber so schnell, daß ich nicht zu erkennen vermochte, wie sie aussieht; und oft habe ich sie dort auf der Spitze des Vorgebirges liegen oder sitzen sehen, aber auf solcher Höhe, daß es selbst nicht möglich war, nur ihre Gesichtszüge wahrzunehmen. Das Einzige, was ich weiß, ist, daß sie hellblondes Haar hat, und von den Fräulein Wolf habe ich gehört, daß sie höchstens sechsundzwanzig bis siebenundzwanzig Jahre alt ist und ein vortheilhaftes Aeußere hat."

Ulrik erhob sich vom Frühstück. Ernst schien in den Anblick der Wohnung von Frau von Saint Sue so sehr vertieft, daß er weder hörte, noch auf Etwas Acht gab.

„Du weißt doch, Tante, daß ich euch eine neue Kirche bauen soll," hob Ulrik wieder an, indem er der Alten einen freundlichen Blick zuwarf. „Erinnerst Du Dich noch, wie oft Du gewünscht hast, daß wir eine neue Kirche bekommen?"

„O ja, ich erinnere mich dessen noch wohl; weißt Du, wem wir es eigentlich zu danken haben, daß wir nun eine solche erhalten?"

„Der Gemeinde, natürlich."

„Liebes Kind, glaubst Du, die Gemeinde würde sich dazu hergegeben haben, noch in zehn Jahren die Mittel zu einem so kostbaren Bau zu bewilligen? O nein, unser vornehmstes Gemeindeglied, der Graf ***, behauptete ja, als die Frage zuerst aufgeworfen wurde, daß er keinen Mangel an unserer alten Kirche fände, und als er solche Ansicht aussprach, da begreifst Du wohl, daß die Andern derselben Meinung waren."

„Das ist klar. Nun, wie ging es weiter?"

„Ja, einige Zeit nachher erhielt der Pastor Botschaft von Frau von Saint Sue, daß sie ihn zu sprechen wünsche . . . ."

„Ja so, der Pastor trifft mit ihr zusammen."

„Sonst nicht öfter, als wenn sie das Abendmahl empfangen will, oder auf Weihnachten und Johannistag, wo sie ihm Geldgeschenke für die Armen übergibt."

"Nun weiter?"

"Wohl, Frau von Saint Sue erklärte also dem Pastor, sie habe ihm einen längst überdachten Vorschlag zu machen, und dieser gehe dahin, daß wenn die Gemeinde ein Viertheil der Kosten für den Bau einer neuen Kirche beisteure, sie sich verbindlich machen wolle, die übrigen drei Viertheile der Kosten zu bestreiten, jedoch unter der Bedingung, daß sie selbst den Riß zu dem Gebäude wählen dürfe, und daß es eine Kirche werde, welche den Namen von einem Tempel Gottes verdiene. Ueberdieß erbot sie sich, zu dem Bau sämmtlichen Marmor, der erforderlich wäre, zu schenken, damit Alles in schönen Stand gesetzt würde. Du kannst Dir leicht vorstellen, daß ein solcher Vorschlag sogleich die Genehmigung der Gemeinde erhielt."

"Und ich wurde bei meiner Ankunft in Schweden alsbald berufen, die neue Kirche in meiner Hei— zu erbauen."

"Ja, der Pastor, welcher, wie Du ——— den Knabenjahren, da er ein älterer ——— von Euch war, Dir und Ernst eine treue ——— bewahrte, hat bei Frau von Saint ——— Dich vorgeschlagen. Ihre Antwort lautete: ——— paßt ja recht gut, daß der Sohn des fr——— Kirchenhirten in seines Vaters Gemeinde d——— errn einen neuen Tempel erbaut;' — und ——— lieb es."

Alrik ging ——— einige Schritte auf und ab. Plötzlich rief e———

"Gottes ——— sind wunderbar, aber frischen

Schwar———pfer der Rache. I.   8

Muth! Vorwärts, vorwärts geht meine Bahn, und sollten alle Hindernisse der Welt sich mir entgegenstellen, denn will man das Rechte, so geht man auch siegreich aus den Kämpfen des Lebens hervor. Nun, munterer Junge, woran denkst Du?" setzte er hinzu, indem er Ernst auf die Schulter klopfte.

Dieser erröthete wie ein Mädchen und antwortete mit erzwungenem Lächeln:

„Ich denke daran, daß ich wieder an's Messen muß."

Alrik runzelte die Stirne und sagte in ungeduldigem Ton:

„Immer verschlossen und unwahr. Diese Antwort ist gewiß nicht aufrichtig gewesen."

„Lieber Alrik, ich habe wohl das Recht, eine Antwort zu geben, wie sie mir beliebt," entgegnete Ernst mit mißvergnügter Miene, nahm seine Mütze und ging.

„Warum soll er nur diese häßlichen Fehler haben?" rief Alrik heftig. „Sie werden ihm wohl in ˙⸺˙ Grab folgen."

„⸺hst Du, da bist Du schon wieder der Brausekopf," ⸺ Tante Bertha. „Von welchen häßlichen Fehlern sp⸺⸺ mein Junge? Ich meines Theils weiß eben nich⸺ Ernst dergleichen hat."

„Nicht! Und ⸺ unburchdringliche Verschlossenheit, diese Unfäh⸺ zu lieben und somit dem Freunde, den er liebt, ⸺ Herz zu öffnen: welchen Namen willst Du dafür g⸺n? Ist es eine Tugend, sich selbst dermaßen ge⸺ zu sein, daß man niemals das Bedürfniß fühl⸺hen Bruder, den Freund in sein Inneres blicken ⸺ lassen, sondern, wenn man fürchtet, daß er dieß gethan hat, sogleich mit einer Nothlüge zur Hand zu sein, um die Wahrheit zu verbergen? Ach! wie sind doch die Menschen so erbärmlich, und wie elend ist es, daß man sie lieben soll, so niedrig sie auch sein mögen."

„Ei, ei, Ulrik, Du machst Dich jetzt Deines gewöhnlichen Fehlers schuldig, nämlich unverträglich gegen Andere zu sein."

„Das heißt, ich habe alle möglichen Fehler, weil ich ungeheuchelt und ehrlich ausspreche, was ich denke."

„Ulrik, jetzt lässest Du wieder Deine Eigenliebe und Deine Exaltation mit der Vernunft davon laufen. Wenn Dir ein Fehler bei Andern anstößig ist, so frage Dich in Deinem Innern: bin ich wohl selbst davon frei? Du wirst dann nothwendiger Weise finden, wie zahlreich Deine eigenen Mängel sind, und folglich Andere minder streng beurtheilen. Neben Deinen stolzen und großen Tugenden sind auch jederzeit gleich viele Gebrechen einhergegangen. Du bist heftig, eigenliebig, unverträglich und ohne Macht über Deine aufbrausende Gemüthsart. Lege diese Fehler in die eine Wagschale, und Deines Bruders Verschlossenheit, Zurückgezogenheit und Empfindlichkeit in die andere, und sieh dann, welche von beiden die schwerste ist."

„Ach! Du kostbare Tante Bertha, Du weißt immerdar den Nagel auf den Kopf zu treffen."

XVIII.

Es war gegen sechs Uhr Abends, als ein junger Mann langsamen und sehr ruhigen Schrittes von der Gartenbrücke zu Wettersnäs durch den in seinem vollen Blumenschmuck prangenden Garten auf das Wohnhaus zuwanderte.

Die Façade des Hauses zeigte einen auf Marmorpfeilern ruhenden Balkon. Derselbe zog sich den Fenstern des obern Stockwerks entlang. Den Aufgang zum Hause bildete eine breite Marmortreppe, welche zwischen den beiden mittlern Pfeilern anstieg und zu einer unter dem Balkon angebrachten Veranda führte.

Von dieser gelangte man in das Erdgeschoß, dessen erstes Zimmer einen großen, halbkreisförmigen Salon darstellte. Seine Wände bestanden aus polirtem Marmor, die Möbel zeugten von ausgesuchtem Geschmack und entsprechender Pracht.

Die Glasthüren, welche auf die Veranda gingen, standen offen und führten die balsamischen Blumendüfte dieser Wohnung des Luxus zu.

Im Garten und in der Nähe des Hauses war kein lebendes Wesen zu sehen, und Ulrik stieg mit erstaunlicher Sicherheit die breiten Stufen hinauf und trat in den Salon, wo er Frau von Saint Sue, halb sitzend, halb liegend in einem Fauteuil ausgestreckt fand.

Ehe wir weiter gehen, wollen wir mit einigen Worten die äußere Erscheinung unseres Helden schildern.

Alrik war hochgewachsen und schlank, und hatte in der Art und Weise, seinen Körper zu tragen, bald etwas Stolzes, bald etwas Nachlässiges. Das Haupt war kühn in die Höhe gerichtet, und es lag in dieser Haltung etwas Gebieterisches. Die gebogene Nase, der dichte, hellblonde Bart, der große, mit gesunden Zähnen besetzte Mund, das lichtbraune Haar gaben seinem ganzen Aussehen das Gepräge nordischer Männlichkeit.

Auf das Prädikat schön konnte er durchaus keinen Anspruch machen; aber dessen ungeachtet brachte dieses energische Angesicht durch jenes Gepräge von Manneskraft einen gewissen Eindruck hervor. Es waren auch nicht die Züge selbst, welche die Aufmerksamkeit fesselten, denn sie besaßen Nichts von jener Regelmäßigkeit, welche das Auge gewöhnlich frappirt, sondern es war der Charakter der Entschlossenheit, welcher denselben zukam.

Als er in den Salon trat und Frau von Saint Sue erblickte, blieb er einen Augenblick stehen und betrachtete dieselbe; auch sie blieb ein paar Sekunden unbeweglich und heftete die Augen auf den Eintretenden.

Sicherlich, mein lieber Lehrer, denkst Du Dir diese einsame Frau als eine düstere Figur, mit Augen so dunkel und finster wie der Herbsthimmel, und so schwarz gekleidet, wie die Nacht. Aber Du hast Unrecht.

Gabriella von Saint Sue war eine kleine Elfin von schlankem, jugendlichem Wuchs, und einer Gesichtsfarbe, so weiß und fein, daß sie mit dem Alabaster wetteiferte; dazu kamen eine hohe Stirne und ein Paar lichte Augen, deren Farbe dem Vergißmeinnicht entlehnt zu sein schien. Der Ausdruck derselben war das, was eigentlich einen dunkeln Schatten über dieses von Natur so helle Antlitz verbreitete. Es lag in ihnen nicht jene Düsterheit, welche erschreckt, sondern ein Anflug von so tiefem Kummer, daß man glaubte, er habe die Thränenquellen ausgetrocknet, und es sei im Hintergrunde dieses sorgenvollen und milden Himmels wahrzunehmen, wie das Herz Blut weine.

Die unregelmäßig geformte Nase, der kleine, harte und schmerzlich geschlossene Mund, das feine Oval und die durchsichtige Blässe gaben dem ganzen Wesen etwas demüthig Leidendes, was den Gedanken an Unschuld und Unglück nahe legte.

Frau von Saint Sue hatte üppiges, goldgelbes Haar, welches in langen und natürlichen Locken Stirne, Hals und Schultern ohne allen Zwang umwogte. Sie war mit einem einfachen, schneeweißen Musselingewand bekleidet, welches um den schlanken Leib durch einen Gürtel zusammengehalten wurde. Es war weder eine Schleife noch irgend eine Verzierung zu sehen, welche dem einfachen Anzug Etwas von moderner Zierlichkeit verliehen hätte. Ihr einziger Putz bestand in der vollkommenen, schneeigen Weiße.

Nach Verfluß einiger Sekunden erhob sich Gabriella und sagte zu Alrik, welcher inzwischen näher getreten war:

„Haben Sie die Güte, Platz zu nehmen, Herr Welwort. Ich erwartete Sie."

Alrik ließ sich in einem Fauteuil nieder. Er war sehr bleich geworden. Es verursachte ihm wirklichen Schmerz, dieses so hoffnungslos bekümmerte und doch so milde Antlitz zu betrachten.

„Sie erwarteten mich?" erwiederte Ulrik.

„Ja!"

„Ich vermuthete dagegen, Sie hätten Ihrer Dienerschaft Befehl gegeben, mich als einen Menschen, welcher sich gegen Ihren Willen bei Ihnen eindrängen wollte, abzuweisen."

„Und wozu würde das gedient haben? Nur um möglicher Weise meine Diener davon in Kenntniß zu setzen, daß Sie sich vorgenommen hatten, meine Einsamkeit zu stören. Sie hätten sich früher oder später doch einen Weg zu mir gebahnt, darum habe ich jetzt, wie immerdar, wenn mir etwas Unangenehmes widerfährt, mich ganz widerstandslos darein ergeben. Ich habe mich oft darüber verwundert, daß das Schicksal mich ganze vier Jahre die Zurückgezogenheit, die mir theuer ist, genießen ließ. Sie haben mich mit Gewalt aus derselben gerissen, und ich beuge mich abermals unter dieses Unglück, indem ich Sie blos frage, was Sie von einer Frau begehren können, welche Ihr Hiersein oder Ihre Annäherung niemals anders, denn als ein neues Leiden betrachten kann, das sich zu denen gesellt, die bereits über sie ergangen sind."

„Ach, gnädige Frau, Sie setzen durch Ihre Worte meinen Bemühungen, mich Ihnen zu nähern, einen schwerern Widerstand, als ich berechnet hatte, entgegen. Sie sagen, meine Anwesenheit sei für Sie ein Unglück, eine Plage, und darin liegt eine so gefährliche und niederschlagende Waffe, daß Sie mich fast der Hoffnung beraubt hätten, in Ihre Nähe gelangen zu können, wenn mein Glaube an einen Erfolg minder fest begründet wäre, als er in Wirklichkeit ist."

„Sie irren sich. Meine Worte schließen weder Widerstand, noch Waffe in sich; sie enthalten blos Wahrheit; — ich kämpfe niemals gegen das Schicksal an. Mein erster Blick auf Sie sagte mir, daß jeder Streit von meiner Seite fruchtlos wäre. Sie besitzen, was mir abgeht: Spannkraft der Seele, Ausdauer, Kühnheit und einen energischen Willen. Aber mein Herr, betrachten Sie das Bild hier." — Sie deutete auf eine Marmorstatue. — „Auch hier stoßen Sie auf keinen Widerstand, im Fall Sie darauf zutreten wollen, und dennoch werden Sie vergeblich Leben darin zu finden suchen. So verhält es sich auch mit mir. Ich kann nicht hindern, daß Sie sich in meine Wohnung drängen, daß Sie mir Ihre Theilnahme, Ihre Freundschaft aufzwingen; aber es wird Ihnen niemals gelingen, mein Interesse für Ihre Bemühung, mich zu zerstreuen, oder für Ihre Freundschaft und Theilnahme zu wecken. Ich bitte Sie nicht mehr, damit aufzuhören, denn ich weiß, daß ich vergeblich bitten würde; aber ernstlich und bestimmt erkläre ich Ihnen, daß Sie niemals mein Freund werden können oder sollen, daß Sie es niemals dahin bringen, meinen Kummer zu mildern."

Bei diesen Worten strich sie mit einer eigenthümlich rührenden Bewegung ihre Locken von der Stirne zurück.

„Sie sagen, daß ich es n i e m a l s dahin bringen werde, mir Ihre Freundschaft zu gewinnen?"

„Nein."

„Niemals Ihren Kummer zu mildern?"

„Gewiß nicht."

„Sie sind eine Frau und sehen somit ein, wie viel Kränkendes und Verletzendes in Ihren Worten liegt. Sie haben mit dem gewöhnlichen feinen Instinkt ihres Geschlechts dieselben so gewählt, daß mein Stolz mich eigentlich zwingen sollte, Sie auf der Stelle zu verlassen."

„Sie sind abermals im Irrthum; ich habe meine Worte nicht gewählt und ebenso wenig daran gedacht, ob dieselben verletzen können, oder nicht. Ich habe nur ausgesprochen, was meine Uebberzeugung ist."

„Wenn dem so ist, so gewinnen sie nur eine größere Macht, wehe zu thun, und dennoch, gnädige Frau, obwohl Sie mir Schmerz verursacht haben, wird der Tag kommen, wo ich mich stolz darauf fühlen darf, daß ich mich nicht durch meine verwundete Eigenliebe bestimmen ließ, von dem Vorsatz, Ihr Freund zu werden, wieder abzustehen.. Gestatten Sie deßhalb, daß ich mich jetzt erkläre. Ich suche nicht Ihre **Freundschaft**, ich begehre von Ihnen weder Zuneigung noch Dankbarkeit, noch einen Gedanken von Interesse. Ich will gar Nichts von Ihnen haben, als möglichen Falls Ihre Achtung; und selbst diese sollen Sie mir nicht zu schenken brauchen. — Ja, es soll ohne allen Einfluß auf meine Handlungen sein, wenn Sie mich sogar hassen und verabscheuen; denn ich will für meine Person nichts Anderes gewinnen, als die Befriedigung, einst, wenn ich auf immer von Ihnen scheide, sagen zu können: „es ist mir gelungen, diese Frau einem Kummer zu entreißen, der sie verzehrte, und sie zu lehren, daß das Leben für jeden Sterblichen Sonnenschein, Freude und reinen Genuß birgt."

„Mein Herz wird desto stolzer schlagen, wenn Sie zur Vergeltung Ihren Abscheu auf mich werfen. Dann habe ich ohne eigenes Interesse gehandelt und finde den größten Lohn darin, daß ich für mich selbst Nichts gewonnen habe. Darum wünsche ich, gnädige Frau, daß Sie mich, wenn ich meinen Besuch mache, empfangen und mit mir sprechen, gleichviel worüber. Ich werde niemals mich in Ihren Kummer eindrängen; ich brauche ihn nicht zu kennen; — und wenn Sie nach einem dreimonatlichen, solchergestalt mit mir gepflogenen Umgang Ihre frühere abgeschiedene Lebensweise fortzusetzen wünschen, so werde ich mich auf der Stelle zurückziehen, und Sie werden mich niemals wiedersehen. Ich bitte Sie, auf diesen Vorschlag einzugehen. Was riskiren Sie dabei? Drei Monate Zwang, das ist Alles; dann sind Sie meiner los."

Gabriella hatte, während er also redete, ihre Augen fest auf ihn geheftet. Als er zu Ende war, sagte sie:

„Ich habe Ihnen ja schon bemerkt, Herr Welwort, daß ich mich unter den Willen des Schicksals beuge. Ich bin allzu passiv, um Ihnen Widerstand leisten zu können; es möge darum geschehen, wie Sie wünschen, — aber wenn die drei Monate vorüber sind? —"

„Dann werden Sie von meinem Besuch befreit, wenn Sie es so wünschen.

Gabriella reichte ihm mit einem wehmüthigen Lächeln die Hand.

„Ich danke Ihnen."

„Aber sagen Sie mir, gnädige Frau," begann Alrik wieder, „finden Sie es recht, sich so ohne Widerstand vom Schicksal überwinden zu lassen? So zum Beispiel fügen Sie sich jetzt ohne Gegenwehr meinem Wunsche. Glauben Sie mir, Sie thäten besser daran, wenn Sie gegen das, was Ihnen Pein verursacht, ankämpften und sich davon loszumachen suchten. Unter dem Kampfe mit dem Unangenehmen würden Sie Ihren Kummer vergessen und in dem Streite mit dem Unglück und Leiden selbst ein Heilmittel gegen den Schmerz finden, welchem Sie sich jetzt so unaufhaltsam überlassen. Das ist an dem Menschen eben groß, wenn er im Ringen mit dem Kummer nicht untergeht, und Schwäche ist es, aus Muthlosigkeit und Verzweiflung sich geschlagen zu geben. Kein Verlust ist so groß, daß wir ihn nicht ertragen könnten.

„Verlust!" wiederholte Gabriella. „O doch, es gibt einen Verlust, den wir nicht ertragen können, nämlich den Verlust unseres Friedens. Zu jedem Streit bedarf es der Kraft, und da wo es an dieser mangelt — da macht man es, wie ich."

„Wo der Wille sich findet, gnädige Frau, da findet sich auch die Kraft. Bei Ihnen mindestens fehlt es nicht an der Kraft, sondern nur an dem Willen."

„Ach, mein Herr, was wissen Sie von meinem Innern, welche Elemente darin leben oder todt sind?"

Eine höhere Farbe trat auf Gabriella's Wangen, als sie im Ton des Unmuths diese Worte aussprach.

„Ich bin heute, gnädige Frau, schon weit genug gekommen," antwortete Alrik mit innigem Blick," denn es ist mir gelungen, einen Funken von Zorn hervorzurufen, der gewiß schon seit mehreren Jahren für Sie etwas Fremdes gewesen ist. Zufrieden mit diesem kleinen Siege will ich Sie jetzt nicht länger durch meine Gegenwart ermüden und belästigen."

Alrik stand auf und nahm Abschied.

Gabriella blieb sitzen und schaute ihm nach. Sie sah, wie er in das Boot sprang und vom Lande abstieß.

Eine Weile verhielt sie sich vollkommen unbeweglich, als auf einmal die Stille um sie her durch eine klare, männliche und wehmüthige Stimme, welche ein Alpenlied sang, unterbrochen wurde.

Der Gesang kam von dem See her.

Bei dem Laute der ersten Töne erhob sich Gabriella hastig. Ein Purpurschimmer flog über ihr Angesicht, und mit einem schmerzlichen Ausdruck in jedem Zuge flüsterte sie:

„Wieder dieses Lied — wieder diese Stimme, um die Wunde in meinem Herzen aufzureißen."

Sie trat, wie von einer unsichtbaren Macht gezwungen, auf die Veranda, wo sie stehen blieb, um auf die ebenso klaren als sehnsuchtsvollen Töne zu horchen.

Der Sänger ließ ein paar Verse hören, dann schwieg er. Gabriella beharrte in derselben unbeweglichen Stellung.

Einige Augenblicke später ließ sich ein anderes, nur noch wehmüthigeres Alpenlied vernehmen. Es war, als ob der Sänger sich in das Herz derjenigen, welche ihm zuhörte, drängen wollte, Etwas das ihm auch wirklich gelang, denn Thränen rannen nach einander über Gabriella's Wangen herab, und sie empfand bei jedem Ton eine unnennbare Qual, welcher sie zu entfliehen wünschte und dennoch sich zu unterwerfen genöthigt war.

Gabriella war nicht die einzige Person, welche dem Gesang zuhörte.

Alrik ließ, nachdem er sich eine Strecke weit von Wettersnäs entfernt hatte, vom Rudern ab, sobald er die ersten Laute des Sängers, welche aus einem unbekannten Winkel zu kommen schienen, vernahm. Als das erste Lied geschlossen war, murmelte er:

„Ernst! — das ist Ernst; — aber für wen singt er, und wo ist er?"

Alrik sah forschend rings herum, vermochte aber seinen Bruder nicht zu entdecken. Jetzt begann das andere Lied: Schweizers Heimweh.

„Er ist dort am Berge," sprach Alrik bei sich selbst und ruderte vorsichtig nach dem Fuße desselben hin, während seine Gedanken folgenden Verlauf nahmen.

„Für wen singt er? — ist es für sie? — Und wäre dem so, warum gerade diese klagende Melodie wählen, welche unwillkürlich ihren Kummer nähren muß? Ist es sein eigenes Herz, welches dieselbe wählt, dann ..."

Er hörte auf zu rudern und setzte hinzu:

„Nein, ich muß zurück, um zu sehen, welche Wirkung der Gesang hervorbringt, ob er ihren Schmerz erhöht oder ..."

Während Alrik das Boot wendet, wollen wir einen Besuch in dem Pavillon von Wettersnäs abstatten, welcher, seitdem er für die Fräulein Wolf eingerichtet worden war, von ihnen den Namen Klein-Wettersnäs erhalten hatte.

Klein-Wettersnäs lag auf einer Anhöhe mitten im Park, und man sah durch einen Aushau den Wettersee in der Ferne schimmern. Es hatte in Folge seiner Lage auf einer Anhöhe etwas Eigenthümliches, Freies und Heiteres, das durch die lachenden Blumenbeete mit ihren Springbrunnen noch beträchtlich erhöht wurde.

In dem geschmackvollen, blumengeschmückten Salon saßen zwei junge Damen.

Es waren die Fräulein Wolf.

Die ältere, Clara, war jetzt siebenundzwanzig Jahre alt, hoch und gut gewachsen, mit hellkastanienbraunem Haar, erhabener und ungewöhnlich breiter Stirne, ein paar lebhaften, obwohl nicht sehr großen blauen Augen, gerader Nase, kleinem Munde, so frisch wie die Gesundheit selbst, im Uebrigen mit sonnenwarmem, freudestrahlendem Ausdruck in ihrem beweglichen Angesichte. Sie war jugendlich-, und wenn man so sagen darf, herzensschön. Ein reiches und gutes Herz leuchtete aus jedem ihrer Züge hervor, ob sie nun in muthwilliger Munterkeit lachte oder ernsthaft redete. Das letztere geschah indessen höchst selten. Ihre Bewegungen waren hastig, voll Leben und Anmuth. Sie tanzte mehr, als sie ging, und einige Augenblicke Stillschweigens kamen diesem lebhaften und rührigen Wesen wie Zwang vor.

Die um ein Jahr jüngere Schwester Alfhild bildete, was das Aeußere betraf, den Gegensatz zu Clara. Sie war auch hoch gewachsen, wie ihre Schwester, aber von junonischer Gestalt, mit glänzendem, rabenschwarzem Haar, dessen reiche Flechten dem Haupte zu einem wahrhaften Schmuck gereichten. Die Stirne war von eigenthümlicher rund-erhabener Form; ein Paar kühne, schwarze Brauen zogen sich bogenförmig über ein Paar großen, sammetbraunen Augen hin, welche von langen schwarzen Wimpern befranzt waren. Eine gerade Nase gab dem Profil Etwas von dem griechischen Typus. Der Mund, mit den schwellenden hochrothen Lippen und den blendend weißen Zähnen, hatte einen Ausdruck von Stolz und Leidenschaft, welchem die Gluth, die zuweilen in dem Blicke lag, durchaus nicht widersprach. Aber über ihr ganzes Wesen war eine gewisse kalte Würde verbreitet, welche zur Folge hatte, daß man im Allgemeinen das Vorhandensein lebhafter oder heftiger Gefühle bei ihr bezweifelte; ein Urtheil, zu dessen Zurücknahme man sich jedoch versucht fühlte, wenn sie lächelte, oder wenn man in die großen, warmen Augen schaute, welche von Allem, nur nicht von Kälte redeten.

Clara glich dem lächelnden, sonnenhellen Sommermorgen, Alfhild der dunkeln, glühenden Augustnacht.

Wir finden Clara etwas ungezwungen in einem Fauteuil ausgestreckt, in ein hellfarbiges Musselingewand gekleidet und damit beschäftigt, aus den Blumen, welche sie rings um sich herum gestreut hatte, ein Bouquet zu binden.

Alfhild, welche auf einem Sopha saß, schien in vollem Ernst mit allen ihren Gedanken durch eine Stickerei, an welcher sie arbeitete, in Anspruch genommen. Sie trug ein schwarzseidenes Kleid mit einer hochrothen Brustschleife.

„Kein Mensch auf der ganzen Erde wird behaupten können, liebe Alfhild, daß Du eine gute Gesellschafterin seiest. Nein, Du bist gewiß das langweiligste Wesen von der Welt. Ich habe es nun eine ganze Stunde darauf angelegt, ein einziges Wort von Dir herauszubringen, aber vergebens. Du stickest und wirst sticken und eins, zwei, drei, vier zählen, und das kommt Dir interessant vor.

Alfhild sah von ihrer Stickerei auf und sagte:

„Ich war in Gedanken und darum bin ich so still dagesessen."

„Wenn ich denke, so geschieht es allzeit laut," erwiederte Clara lächelnd.

„Kannst Du erklären, woher der Gesang kommt, den wir schon einige Mal gehört haben, wenn wir bei Gabriella waren, und der auf sie einen so ergreifenden Eindruck hervorbrachte?"

„War es das, worüber Du nachdachtest?" fragte Clara, ihre Schwester mit schelmischem Blicke ansehend.

„Ja," antwortete Alfhild, legte ihre Stickerei nieder und heftete, das wirklich schöne Haupt auf die Hand stützend, ihre Augen auf die Schwester. „Es liegt etwas Geheimnißvolles in Allem, was Gabriella umgibt, und dieß wirkt peinlich auf die Phantasie ein. Die Töne jenes unsichtbaren Sängers wiederhallen unaufhörlich in meinen Ohren, obwohl ich sie nur ein paar Mal gehört habe. Sag' mir doch aufrichtig, Clara, was hältst Du von Gabriella und ihrer absonderlichen Lebensweise, sammt dem heimlichen Gesang des Abends? Es kommt mir vor, als ob auf Gabriella's verflossenem Leben irgend ein begangener Frevel lastete und der unsichtbare Sänger damit im Zusammenhang stände."

Clara erhob sich rasch und war im Augenblick an Alfhilds Seite. Der lächelnde, fröhliche Ausdruck war verschwunden, und ein tiefer Ernst weilte auf ihren Zügen, als sie zur Antwort gab:

„Nein, Alfhild, auf Gabriella's unschuldiger und schneeweißer Stirne lastet kein Frevel, aus ihrem kindlich-frommen Blick spricht kein Verbrechen, sondern einfach ein unermeßlicher Kummer. Mir scheint, ihre Züge erzählen von einem stillen, bittern und und unverdienten Leiden."

„Nun, und der Sänger?"

„Ist ihr ebenso fremd, wie uns, wiewohl seine Lieder eine schmerzliche Erinnerung bei ihr hervorrufen."

„Möglich, daß Du Recht hast, obgleich ich Deine Gedanken nicht theile; denn Gabriella's ganzes Leben gleicht dem eines Menschen, welchem die Gewissensruhe fehlt, und der in seinem Innern keinen Frieden hat."

Mit diesen Worten erhob sich Alfhild, indem sie hinzusetzte:

„Wir werden nun wohl unsern Besuch bei ihr machen müssen. Weißt Du, Clara, daß ich es mehr als zufrieden wäre, wenn ich ihr bekümmertes und trostloses Antlitz nicht mehr sehen dürfte?"

„Wie sonderbar! Du bist von viel minder lebhafter und heiterer Gemüthsart, als ich, und findest dieß peinlich. Ich dagegen fühle mich mit einer unwiderstehlichen Kraft zu Gabriella hingezogen. Ich möchte so gern mich ihr nähern."

„Aber Du hast die Unmöglichkeit davon wohl eingesehen. Sie weiß durch ihr Benehmen Jedermann in gehöriger Entfernung zu halten."

Es lag ein Anflug von Bitterkeit in Alfhilds Ton.

„Wie Du doch sprichst! Wer kann weniger als sie Einen seine Abhängigkeit fühlen lassen; wie viel verschwendet sie nicht an uns; wie sucht sie nicht alle unsere Wünsche zu erfüllen!"

„Das ist wahr; aber sie thut es, als ob sie dächte: ihr sollt Alles haben, was ihr wollt, da ich einmal mich mit euch herumzuschleppen gezwungen bin, wenn ich euch nur nicht mehr zu sehen brauche."

„Nun bist Du sehr hart in Deinem Urtheile. Erinnerst Du Dich noch ihrer Worte gegen uns, als sie nach Papa's Tod uns eine Heimath bei sich anbot. ,Alles, was ich besitze,' sagte sie, ,will ich mit euch theilen. Das Einzige, dessen ich euch berauben muß, ist meine eigene Person. Ich bin ein Wesen, das der Kummer zu seinem Eigenthum erkoren hat, und darum müßt ihr mir vergeben, wenn ich einsam mit meinem Schmerze, abgesondert von euch und andern, lebe.'"

„Bist Du fertig, so wollen wir gehen," sagte Alfhild abbrechend und nahm ihren Schäferhut, den sie vor dem Spiegel aufsetzte. Darauf wandte sie sich zu Clara mit den Worten:

„Ist Gabriella schön?"

„Das kann ich wirklich nicht sagen, denn ich habe niemals daran gedacht."

„So denke daran, wenn Du sie heute Nachmittag siehst."

„In meinen Augen gibt es Niemand, der so schön ist, wie . . ."

Clara setzte ihren Hut auf, nahm das inzwischen fertig gewordene Bouquet und tanzte die Treppe hinab, indem sie trillerte:

„Ach, Betty, von deinem Augenpaar
Eine tödtliche Wunde mir kam u. s. w.

„Wie wer?" fragte Alfhild lächelnd und folgte ihr.

Clara wandte sich um, sah sie schelmisch an und fragte:

„Weißt Du wirklich nicht, wer es ist?"

„Nein, sag' es doch;" bat Alfhild, indem sie ihren Arm um Clara's Hals legte und ihr mit innigem Blick in die Augen sah.

„Wie Du," flüsterte Clara und küßte die Schwester.

XIX.

Als Clara und Alfhild auf dem am Wege liegenden großen Hofe von W.ettersnäs anlangten, fragten sie einen Diener, der auf einer Bank saß, wo seine Gebieterin wäre.

„Im untern Saal," lautete die Antwort.

Sie traten in den Saal, wo Alrik und Gabriella mit einander gesprochen hatten.

Es war gerade in dem Augenblick, wo der unsichtbare Troubadour sein zweites Lied begann.

Die Mädchen blieben auf der Schwelle der Veranda stehen, wo Gabriella, mit dem Rücken gegen sie gekehrt, sich an einen der Marmorpfeiler lehnte.

Alle drei blieben unbeweglich und horchten. Keine von ihnen hatte bemerkt, daß hastigen und schweigenden Schrittes eine Person, welche offenbar die Absicht hatte, unbemerkt sich nähern zu können, von der abseits liegenden Allee, welche von dem See nach dem Wohngebäude führte, herankam.

Alfhild und Clara hatten beide ihren Blick nach der Seite gerichtet, von wo der Gesang erscholl. Mit einer Bewegung stummer Verzweiflung faltete Gabriella die Hände und hielt sie so über die Augen.

Inzwischen hatte sich die von ihnen unbemerkte Person — es war ein Mann — bis zur Veranda hergeschlichen und am Fuße des Pfeilers, an welchen Gabriella sich anlehnte, Halt gemacht. Er schaute zu ihr mit einem Blick auf, welcher zu gleicher Zeit Theilnahme und Ungeduld verrieth. Seine Stirne legte sich in Falten, und sein ganzes Angesicht hatte jenen gedämpften Ausdruck von Zorn und Angst, wovon der ergriffen wird, welcher eine theure Person durch Etwas leiden sieht, das er nicht abwehren kann.

Der Sänger wiederholte jeden Vers. Als er den letzten zum zweiten Mal anfing, war es, als ob die Marter, welche Gabriella empfand, über ihre Kräfte ginge; denn mit einem Seufzer, der einem zurückgehaltenen Klageruf ähnlich war, sank sie rücklings auf den Boden der Veranda nieder.

Ehe noch Clara und Alfhild herbeieilten, war sie bereits von ein paar männlichen Armen aufgehoben, und eine gereizte Stimme rief:

„Verdammte Gaukelei! Ich dachte mir wohl, daß es eine solche Wirkung haben würde."

Alrik trug seine leichte Bürde in den Salon und legte sie auf einen Sopha nieder, indem er zu Clara und Alfhild, welche er eben wahrnahm, sagte:

„Haben Sie die Güte, frisches Wasser herbeizuschaffen; Frau von Saint Sue ist ohnmächtig geworden."

Der Ton war gebieterisch und ungeduldig. Clara sprang sogleich nach Wasser fort. Alfhild blieb unbeweglich stehen.

„Lösen Sie ihr den Gürtel auf," sagte er, zu Alfhild gewandt, und schleuderte ihr einen Blick zu, als ob er sie damit umbringen wollte. „Sie sehen doch, daß Frau von Saint Sue des Beistandes bedarf; und zwar auf der Stelle," setzte er hinzu, als Alfhild nicht schnell that, wie er ihr geboten hatte.

Im nächsten Augenblick war Clara mit Wasser und Riechsalz da, und nach Verfluß einer halben Stunde erwachte Gabriella aus ihrer langen Ohnmacht.

Das Erste, was ihren Blicken begegnete, als sie die Augen aufschlug war Alriks über sie niedergebeugtes, aber beinahe strenges Angesicht. Sie schaute ihn eine Weile an, als ob sie sich nicht erinnern könnte, wer er sei.

„Wie ist es Dir, Gabriella?" fragte eine so frische und theilnehmende Stimme, daß der bloße Laut davon dem Gemüth gut thun mußte. Es war Clara, welche an dem Sopha kniete und Gabriella's Schläfe mit kaltem Wasser badete.

Bei dieser Frage erhob sich Gabriella, indem sie ihr Haar von der Stirne zurückstrich.

„Gut. Mir ist also übel geworden?"

Ehe noch Jemand eine Antwort geben konnte, ließ sich wiederum der Gesang vernehmen, welcher einige Augenblicke verstummt war.

Gabriella fuhr zusammen und wurde wieder todesbleich.

Alfhilds dunkle Augen weilten forschend auf ihrer Cousine.

Alrik schritt, ohne ein Wort zu sagen, auf die Glasthüre zu und verschloß dieselbe; dann kehrte er zu Gabriella zurück, welche jetzt aufrecht auf dem Sopha saß, und nahm auf einem Sessel Platz, indem er sagte:

„Ich bin eigentlich noch einmal gekommen, gnädige Frau, um mit Ihnen wegen des neuen Kirchenbau's zu reden; aber Ihr Unwohlsein bestimmt mich, die Sache auf einen andern Tag zu verschieben."

Diese Worte und der ungezwungene Ton, womit sie ausgesprochen wurden, hatten die von Alrik beabsichtigte Wirkung, nämlich Gabriella mit einem Mal in die Gegenwart zurückzurufen und sie zu erinnern, daß sie von mehreren Personen umgeben war.

„Ich glaube wirklich, daß ich heute Abend nicht im Stande bin, mich in eine Berathung deßhalb einzulassen," erwiederte Gabriella, ohne sich wegen ihres Unwohlseins zu entschuldigen oder eine Erklärung davon zu versuchen.

Darauf wandte sie sich zu Clara, welche sich aufgerichtet hatte, und zu Alfhild, welche noch neben dem Sopha stand, mit den Worten:

„Guten Abend, Mädchen!"

Alsdann stellte sie die Anwesenden einander vor.

„Herr Welwort; meine Cousinen, die Fräulein Wolf."

Alrik verbeugte sich, wie es Alfhild vorkam, etwas gleichgültig.

Clara dachte:

„Herr Gott, dieser grimmige Mann ist der Bruder von unserem schönen und liebenswürdigen Ernst."

Sofort überreichte sie Gabriella das mitgebrachte Bouquet mit den Worten:

„Sieh' hier die ersten Früchte meiner neuen Gartenkultur."

„Ich danke!" sagte Gabriella, indem sie das Bouquet nahm und auf den Tisch legte.

„Hier verwelken die Blumen, willst Du sie nicht in einer von Deinen Vasen haben?"

„Wenn Du sie hineinsetzen willst."

Wiederum schwieg Gabriella.

Alfhild runzelte bei diesem gleichgültigen und, wie ihr schien, für Clara beleidigenden Benehmen Gabriella's mit mißvergnügter und empfindlicher Miene die Stirne. Clara hingegen kehrte sich nicht daran, sondern ging hin und setzte die Blumen in eine der Vasen.

Alrik dachte, während er Frau von Saint Sue betrachtete:

„Sie will uns los sein; aber diesmal soll sie gezwungen werden, sich eine Weile Zwang anzuthun.

Gott weiß, ich wünschte, die Fräulein wären, wo der Pfeffer wächst, denn jetzt hätte ich gern vernünftig mit ihr gesprochen; wenn sie aber gehen, so bin ich genöthigt, dasselbe zu thun. Die schwarze da sieht in ihrer Vornehmheit aus, als ob sie sich zurückzuziehen beabsichtigte; aber Du kommst nicht los, mein Püppchen."

Kaum war Ulrik mit diesem geheimen Selbstgespräch zu Ende, so sagte Alfhild:

„Da Du Dich nicht wohl befindest, beste Gabriella, so wird es am besten sein, wenn wir Dich verlassen."

„O nein," fiel Clara lebhaft ein und wandte sich zu ihrer Schwester; „gerade deßhalb müssen wir bei Gabriella bleiben; — und wäre es selbst gegen deren Willen," setzte sie lächelnd, gegen ihre Cousine gekehrt, hinzu.

„Das Mädchen gefällt mir; sie muß eine Bundesgenossin werden," dachte Ulrik; dann sagte er laut zu Clara gewendet:

„Mein Bruder und meine Tante haben, glaube ich, die Ehre, mit den Herrschaften bekannt zu sein."

Dieß war die Einleitung zu einem Gespräch zwischen Ulrik und Clara, welches schnell in vollen Gang kam. Bei ihrem heitern und, kurz gesagt, lebenslustigen Sinn machte es Clara Jedermann leicht, mit ihr bekannt zu werden, und in einem Nu hatten sie und Ulrik Besuche bei allen Nachbarn gemacht, den Wetternsee bewundert und nicht allein Alfhild, welche sich hinter ihrer Kälte verschanzte, sondern auch Gabriella, welche seelenmüde aussehend sich in den Sopha zurücklehnte, gezwungen, an der Unterhaltung Theil zu nehmen.

Die Zeit war schnell verflossen, und Clara, welche das lebhaften Gemüthern eigenthümliche Vermögen, an Alles zu denken, besaß, meinte, es wäre doch allzu mager, von der bloßen Conversation zu leben, unterbrach das Gespräch auf einen Augenblick und ging hin, um der Haushälterin den ungeheuerlichen Befehl zu ertheilen, ein Souper für sie alle zu richten.

Mamsell Gertrud traute kaum ihren Ohren; aber es half nichts, der Befehl war bestimmt, und sie mußte Hand ans Werk legen.

Als Clara in den Saal zurückkehrte, hatte Ulrik angefangen von seinen Reisen zu erzählen, und richtete nun das Wort direct an Gabriella.

Er beschrieb seinen Aufenthalt in Griechenland und in den ausgegrabenen Städten Pompeji und Herkulanum mit so viel Leben und Poesie, daß er Gabriella unwiderstehlich nöthigte, auf seine Worte zu horchen. Ja, was noch mehr war, es gelang ihm, ihr solches Interesse einzuflößen, daß sie verschiedene Fragen an ihn stellte; und als das Wort: servirt das Gespräch unterbrach, schien Gabriella ganz bestürzt darüber, nicht nur, daß die Zeit so weit vorgerückt war, sondern auch, daß sie mit einem Frembling soupiren sollte.

XX.

Am folgenden Morgen, als Ernst im Begriff war, sich anzukleiden, trat Ulrik bei ihm ein.

„Wo bist Du denn gestern gewesen?" fragte Alrik und warf sich auf einen Stuhl.

„Ich streifte in meinem Boot an den Ufern des Wetternsees herum."

„Ja, ich weiß es, Du spieltest die Rolle eines Geistes und sangst der Burgfrau dort drüben Etwas vor," ohne Dich sehen zu lassen. Es war ziemlich romantisch, Deine Stimme so aus einem unsichtbaren Winkel hervor in ihr Ohr sich einschmeicheln zu lassen."

Auf Alriks Stirne lagerten sich bei diesen Worten zwei tiefe Falten, und seine Augen weilten mit einem eigenthümlichen, mißvergnügten Ausdruck auf seinem Bruder.

„Mein Gesang war für mich selbst und für Niemand anders bestimmt," gab Ernst kurz zur Antwort.

„Möglich, obschon ich weiß, daß dem nicht so war; aber Eins mußt Du mir versprechen, nämlich, dieses romantische Singen einzustellen."

„Warum soll ich mich dieses Vergnügens berauben? Vielleicht deßhalb, weil es Dir mißfällt?"

„Ernst, Du verursachst dadurch Jemand Schmerz." antwortete Alrik; dann richtete er sich hastig auf und setzte hinzu: „Du darfst in der Nachbarschaft von Wettersnäs nicht singen."

„Nicht? Wer wird mich daran hindern?"

„Ich."

Einen Moment sahen sich die beiden Brüder mit Blicken an, die nichts weniger als freundlich waren.

„Soll unser alter Streit schon wieder beginnen?" sagte Ernst bekümmert.

„Nein, zum Teufel, mein lieber Ernst," rief Alrik; „aber meine verdammte Heftigkeit verleugnet sich niemals, und deßhalb gerathe ich, wie Du Dich wohl erinnerst, bei dem geringsten Widerstand in Feuer und Flammen."

„Du verlangst, daß Alles sich einzig Deinem Willen fügen soll."

„Und es müssen vor ihm auch alle Hindernisse aus dem Wege geräumt werden, wie ich Dir sogleich zu beweisen gedenke; — denn was ich will, stützt sich immer auf Vernunftgründe. So zum Beispiel kann ich Dir erzählen, daß ich schon zweimal mit Frau von Saint Sue gesprochen habe und ihr von nun an jeden Tag einen Besuch machen werde."

„Was sagst Du, Alrik?" rief Ernst und wandte sich mit einer Purpurröthe auf den Wangen rasch zu dem Bruder herum.

„Die Wahrheit, und sieh, dieß ist also zugegangen."

Alrik erzählte nun, wie er Gabriella's Bekanntschaft gemacht hatte, und wie seine beiden Besuche am vorangegangenen Tag ausgefallen waren.

Während Alrik sprach, war die Röthe wieder von Ernsts Wangen verschwunden und hatte einer tiefen Blässe Platz gemacht. Alrik bemerkte dies wohl, stellte sich aber, als sähe er es nicht.

„Du begreifst also, mein lieber Ernst, daß Du, nach dem Eindruck, welchen Dein Gesang auf Frau von Saint Sue hervorbrachte, mit demselben aufhören mußt."

„Ja," war die lakonische Antwort.

Ernst zog seinen Rock an und setzte dann hinzu: „Laß uns hinuntergehen und frühstücken."

Ohne seinem Bruder weiter einen Blick zu schenken, ging er die Treppe hinunter nach dem Speisezimmer.

„Er ist böse auf mich," dachte Alrik und folgte ihm; „aber warum? Er hat sie ja niemals gesehen, kann also auch nicht verliebt, oder in Folge davon eifersüchtig sein."

Tante Bertha und Alrik plauderten mit einander, aber Ernst verhielt sich während des ganzen Frühstücks still und sah noch immer bleich aus.

Als es beendet war, sagte Alrik zu seinem Bruder:

„Hast Du Lust, mir Gesellschaft zu leisten? Ich gedenke heute Nachmittag einen Besuch bei den Fräulein Wolf zu machen."

„O ja, warum nicht?"

„So wollen wir uns also um fünf Uhr dahin begeben."

„Gut."

Damit nahm Ernst seine Mütze und verließ das Zimmer.

„Was fehlt Ernst?" fragte Tante Bertha. „Er war ja heute ganz betrübt. Habt ihr Streit mit einander gehabt?"

„Nein, gewiß nicht. Glaubst Du, Tante, daß er traurig war?"

„Ja wohl. Der arme Ernst, er ist etwas düster

und von wunderlicher Gemüthsart, und doch besitzt er von Natur größere Vorzüge, als Du. Er ist schön, mit einer ungewöhnlichen Stimme begabt und in seinem Benehmen liebenswürdig."

„Aber zum Teufel, sehr unheimlich von Gemüthsart," meinte Alrik, während seine Stimme dabei einige Ungeduld verrieth.

„Ganz und gar nicht. Er kann sich außerordentlich angenehm machen und ist immerdar gefällig und fügsam; aber sein Mangel an Selbstvertrauen bewirkt, daß er Alles schwarz ansieht und in seine eigenen Kräfte Zweifel setzt.

„Er ist jetzt, was er stets gewesen, Dein und aller Leute Liebling. Gut für ihn."

Damit schlug Alrik seinen Strohhut auf den Kopf und verließ das Haus, während er dachte:

„Sollte ich es ihm auch aus dem Herzen reißen, ich muß wissen, von welcher Art die Gefühle sind, die bei ihm in Bewegung kamen, als ich von meinem Besuche auf Wettersnäs redete.

XXI.

Tags darauf saßen die beiden Fräulein Wolf in dem schönen Blumengarten und arbeiteten, als Mademoiselle Lemoin sich bei ihnen mit der Meldung einstellte, daß die Herren Welwort anfragen ließen, ob sie einen Besuch abstatten könnten.

„Sie sind willkommen," antwortete Clara und strich sich mit beiden Händen die Haare zurecht.

Alfhild ordnete die Falten ihres schwarzen Kleides, während ihre Wangen eine höhere Färbung annahmen.

Einige Augenblicke nachher begrüßten Alrik und Ernst die beiden Mädchen, welche unter den Bäumen saßen.

Alfhild erschien noch steifer und kälter als gewöhnlich, da sie Alriks Gruß beantwortete; hingegen lag ein dunkler, warmer Ausdruck in ihrem Blicke, als sie Ernst die Hand reichte und ihn willkommen hieß.

Ernsts Miene war lebhafter als sonst, da er neben Alfhild Platz nahm und auf eine eigenthümlich vertrauliche Weise mit ihr zu sprechen begann.

Wenn man diese beiden jungen Leute neben einander sah, konnte man sich des Gedankens nicht enthalten: was für ein schönes Paar; denn beide waren von ungewöhnlichem, vortheilhaftem Aussehen.

Ernst, nicht völlig so hoch gewachsen und so stark von Gliedern, wie sein Bruder, besaß dennoch einen schönern und mehr symmetrischen Körperbau. Die Gesichtszüge waren im höchsten Grade regelmäßig, das Haar gelockt und dunkel kastanienbraun, die Augen groß und tiefblau, wie der Abendhimmel. Der Mund war von einem zierlichen, feinen Schnurrbart überschattet und mit schneeweißen Zähnen besetzt. Das glattrasirte, nur nach unten von einem dunkeln Bart umsäumte Kinn hatte eine eigenthümliche, kühne Krümmung, welche dem Ganzen ein entschlossenes und energisches Gepräge gab, dem jedoch die anspruchslose Weise, wie er sein fast bildschönes Haupt trug, zu widersprechen schien.

Wenn er von Poesie oder Musik sprach, war der Ausdruck seines Gesichts von solcher Art, daß er einem Apollo glich. Redete er von irgend einer männlichen Großthat, so blizte sein Auge, die Adern seiner Stirne schwollen an, und man wäre zu behaupten geneigt gewesen, so müsse Mars ausgesehen haben. Mit kurzen Worten: Dieses Angesicht konnte den Ausdruck aller möglichen Gefühle annehmen und so ungleiche Charaktere wiedergeben, daß man darüber in Erstaunen gerieth, während dasselbe dennoch wiederum nur höchst selten das errathen ließ, was in seinem Innern vorging.

Alrik hatte in seiner ungenirten Weise neben Clara Platz genommen und begann mit ihr gerade so zu sprechen, als ob sie von zehn Jahren her mit einander bekannt gewesen wären.

Als Alfhild und Ernst eine Weile von verschiedenen Dingen sich unterhalten hatten sagte sie:

„Kennen Sie, Herr Ingenieur, in der Nachbarschaft Jemand, der Sänger ist?"

Alfhild heftete bei diesen Worten ihre dunkeln Augen auf ihn, als wollte sie keine Veränderung, die in seiner Miene vorging, sich entgehen lassen.

„Auf eine Meile Abstand wüßte ich Niemand, welchen ich so benennen könnte, wenn nicht mich selbst."

„Sie haben uns niemals früher gesagt, daß Sie singen," fuhr Alfhild fort und ihre Augen wurden dunkler.

„Ich unterließ es deßhalb, weil ich nur ein

höchst mittelmäßiger Sänger bin und viel zu wenig Talent besitze, um es zu wagen, mich hören zu lassen."

„Darüber müssen Sie Andern das Urtheil anheimgeben."

„Wie mein Bruder singt, hatten die Herrschaften gestern Abend zu beurtheilen Gelegenheit," fiel Alrik ein, indem er sich in seinem Gespräch mit Clara unterbrach.

Ernst wechselte die Farbe und Alfhild sagte blos: „Ah!"

Darauf beugte sie sich auf ihre Stickerei nieder und arbeitete eine Weile schweigend fort.

Ernst enthauptete mit seinem Stöckchen ganz unbarmherzig alle Narcissen und Tulpen, welche sich in seinem Bereiche fanden.

Alrik nahm seine Unterhaltung mit Clara wieder auf und schien gar nicht Acht zu geben, welche Wirkung seine Worte hervorbrachten.

Plötzlich begann Alfhild wieder, zu Ernst aufsehend:

„Schon das erste Mal, als ich die Alpenlieder hörte, gerieth ich auf die Vermuthung, daß Sie der unsichtbare Sänger wären."

„Und aus welchem Grunde?"

„Weil die Lieder für Gabriella von Saint Sue gesungen wurden."

Jetzt waren Alfhilds Augen dunkel wie die Nacht, als sie Ernst fixirte; aber dieser hatte wieder vollkommene Gewalt über seine Miene und bemerkte in ruhigem Ton:

„Dieser Schluß scheint mir etwas voreilig. Fürs

Erste sang ich meine Alpenlieder nur für mich selbst, und zweitens ist Frau von Saint Sue eine mir fremde Person, welche ich niemals gesehen habe, demnach wohl schwerlich zum Gegenstand einer Serenade machen könnte."

„Sie kennen dieselbe also nicht? Haben sie niemals gesehen?"

„Nein, ich habe Frau von Saint Sue niemals gesehen."

Diese Worte wurden von Ernst mit einem eigenthümlichen Nachdruck gesprochen.

„Jetzt glaube ich Ihnen nicht, Ernst," flüsterte Alfhild.

„Sie thun Unrecht daran, Alfhild; ich lüge niemals; aber ich verschweige zuweilen die Wahrheit."

Alfhild erhob sich und ging auf eine Gruppe Blumen zu, welche sich in einiger Entfernung befand, und sagte dann laut zu Ernst:

Kommen Sie, Herr Ingenieur, ich will Ihnen zeigen, wie schön unsere Blumenanlagen geworden sind."

Ernst folgte ihr, aber mit einer Miene, welche zu erkennen gab, daß er es nur ungern that.

Als sie weit genug entfernt waren, um nicht mehr hören zu können, was Alrik sagte, lehnte sich dieser in seinen Stuhl zurück und rief:

„Gott sei gelobt, daß Ihre Schwester auf den glücklichen Einfall gerieth, die Blumen zu betrachten und dabei meinem Bruder den Text zu lesen. Das wird sie eine Weile aufhalten, und in der Zwischenzeit kann ich Ihnen, Fräulein Clara, die Ursache und den Zweck meines Besuches auseinandersetzen. Es war nicht das Verlangen, Ihre nähere Bekanntschaft zu machen, was mich zu meinem Besuche hier veranlaßte."

„Diese Erklärung ist nicht sehr schmeichelhaft," antwortete Clara lachend.

„Ich schmeichle niemals. Von mir können Sie sich vielleicht daran gewöhnen, die Wahrheit zu hören, und es ist gut, wenn Sie mich gleich zu Anfang unserer Bekanntschaft von dieser Seite kennen lernen, da wir gezwungen sind, eine Zeit lang in vertraulicher Berührung mit einander zu stehen."

„Gezwungen sind?" wiederholte Clara, sichtlich ergözt über Alriks etwas originelle Weise, seinen Weg zu gehen.

„Ich bitte, versuchen Sie, sich über den gewöhnlichen Kleinigkeitsgeist der Frauen zu erheben und sich nicht an die Worte, sondern an den Grund, worauf sie beruhen, zu halten. Daß derselbe ein edler ist, darauf kann ich Ihnen mein Ehrenwort geben. Ich habe einen Plan, und Sie müssen mir helfen, denselben in aller Bälde auszuführen, so daß ich zu dem Ziele gelange, welches ich zu erreichen wünsche."

„Ich muß Ihnen helfen?" fragte Clara, welche sich trotz Alriks finsterer Miene des Lachens nicht enthalten konnte.

„Lassen Sie den Scherz für jetzt, im nächsten Augenblick werde ich gern miteinstimmen. Die Sache ist kurz die: ich habe mich entschlossen, Frau von Saint Sue gegen deren Willen der Melancholie und Betrübniß, worein sie versunken ist, zu entreißen, ihr am Leben wieder Interesse beizubringen und Hoffnung und Glauben in ihr Herz zurückzuführen. Das ist, Fräulein Clara, keine leichte Sache; aber ich habe mir vorgenommen, daß es gelingen muß, und es soll geschehen, koste es, was es wolle. Nun bedarf ich gerade Ihrer als Verbündeten für dieses Unternehmen. Wollen Sie mir beistehen? Ja oder Nein?"

"Natürlich Ja," antwortete Clara bestimmt.

"Aber dann müssen Sie blindlings mir in Allem gehorchen, was Frau von Saint Sue betrifft, ohne zu fragen, wenn auch mein Thun Ihnen zuweilen sonderbar erscheinen möchte. Sie müssen ein unbedingtes Vertrauen auf mich setzen, sonst können wir keine Bundesgenossen sein. Eines von uns muß den Kopf vorstellen, und das Andere die Hand, welche ausführt, was der Kopf denkt. Sie werden entschuldigen, daß ich für mich die Rolle des Kopfes behalte. Wohlan, sind Sie geneigt, auf diese Bedingungen hin mir behülflich zu sein?"

"Von jedem andern Mann, der mir einen solchen Vorschlag machte, würde ich, bevor ich darauf einginge, eine nähere Erklärung verlangen; aber es liegt Etwas in Ihnen, das mir, ohne daß ich es vor meinem Verstand zu rechtfertigen vermag, denn ich kenne Sie nicht, Vertrauen einflößt, und darum — hier meine Hand, ich will Ihnen beistehen und was noch schlimmer ist, Ihnen gehorchen."

"Dank, Fräulein Wolf; Sie sollen bei Gott, niemals Grund haben, es zu bereuen; und nun bin ich bereit, mit Ihnen den Rest des Abends unter Scherz und Lachen hinzubringen. Erst morgen sollen Ihnen meine Verhaltungsvorschriften in Bezug auf unsere gemeinsame F r e u n d i n, denn das muß sie sein, zugehen.

XXII.

Eine ganze Woche verging, ohne daß Alrik in Groß- oder Klein-Wettersnäs sich sehen ließ.

Alles hatte wieder seinen gewöhnlichen Gang genommen. Gabriella schien sein Auftreten an Ort und Stelle ganz vergessen zu haben und überließ sich wiederum wie zuvor ihrem Kummer und ihrer Einsamkeit.

Clara hatte an dem Tage nach Alriks Besuch in Klein-Wettersnäs ein kleines Billet folgenden Inhalts von ihm erhalten.

„Haben Sie die Güte, in Beziehung auf Ihre gewöhnlichen Besuche bei Frau von Saint Sue keine Veränderung eintreten zu lassen, bis Sie Weiteres hören von

Alrik Welwort."

„Der Mensch weiß bestimmt nicht, was er will," dachte Clara." „Gestern war er so eifrig und so gebieterisch, und heute bittet er mich wieder unthätig zu bleiben. Nun wohl, ich habe ihm versprochen, ihm in Allem, was Gabriella betrifft, zu gehorchen und ich werde meine Zusage halten, wie ungereimt es auch erscheinen mag."

Und dabei blieb es.

Eines Abends, etwas über eine Woche, seitdem er das letzte Mal in Wettersnäs gewesen, legte Alriks Boot an der Gartenbrücke an. Die dumpfe, schwüle Luft, der schwere, von schwarzem Gewölk verhüllte Himmel, das eigenthümliche ängstliche Anschlagen der Wellen gegen den Strand. Alles deutete darauf hin, daß ein Ungewitter im Anzug war.

Alrik verweilte einen Augenblick auf der Brücke und betrachtete das düstere Firmament und den grauen, unruhigen See; dann schritt er langsamen Schritts auf das Gebäude zu, während er dachte:

„Ich will doch sehen, ob ich sie treffe."

Er stieg die Treppe hinauf und wollte sich nach dem Salon wenden, als er auf einer der Bänke dort in der Veranda eine weiße Frauengestalt entdeckte.

Halb sitzend, halb liegend ruhte sie dort unbeweglich, und ohne seine Ankunft zu bemerken.

In heiterem Tone sagte Alrik, indem er sich ihr näherte:

„Mein guter Stern hat mich nicht betrogen, denn er ließ mich Sie zu Hause treffen. Ich fürchtete, Sie hätten eine Wallfahrt nach dem Berge unternommen, von welchem ich mich bis auf Weiteres selbst verbannt habe."

Bei dem Laut seiner Stimme fuhr Gabriella zusammen und richtete sich hastig auf.

„Ah, Sie sind es, mein Herr; ich hatte Sie zu erwarten aufgehört und bereits zu hoffen begonnen, Sie würden von Ihren Besuchen bei mir abstehen."

Alrik setzte sich neben sie und erwiederte lächelnd:

„Sie hätten also wirklich darauf zu hoffen begonnen; ich meinte doch, der Instinkt sollte Ihnen gesagt haben, daß ich nicht zu den Leuten gehöre, welche von einem angefangenen Unternehmen, wozu sie sich einmal entschlossen, wieder abstehen. Ich kann im Streite untergehen; aber ich werde niemals zurückweichen."

"So habe ich Ihren Charakter auch bei unserem ersten Zusammentreffen aufgefaßt; aber ich glaubte, es sei ein Irrthum von mir gewesen."

"Sollten Sie das wünschen?"

Ulrik betrachtete Gabriella mit dem Ausdruck, der einem zärtlichen Vater eigen ist, wenn er sein krankes Kind ansieht und wünscht, daß es ihn um Etwas bitten möge, wodurch er es erfreuen kann.

"Ja, mein Herr! Bedarf es für Sie wirklich dieser Frage an mich?"

"Wenn ich jetzt ginge und sagte: ""Leben Sie wohl, Sie sollen mich nicht wiedersehen, würde Ihnen das Freude machen?"

"Ich glaube es."

Auf Ulriks Stirne wurden einige Falten sichtbar; aber er fuhr mit der Hand darüber, gleichsam um den unangenehmen Eindruck zu bezwingen, und nahm dann in ruhigem Tone das Wort:

"Sie würden möglicher Weise eine momentane Freude darüber empfinden, einer Plage nunmehr los zu sein; aber im nächsten Augenblick wäre meine Person, so wie die eben empfundene Freude vergessen, und Sie blieben wieder Ihrem stummen und hoffnungslosen Kummer verfallen. Jetzt hingegen, wo ich ganz und gar nicht daran denke, Sie von der Plage meines Besuches zu befreien, wird dieser gegen Ihren Willen Ihre Gedanken dem ewigen Kreislaufe, worin Sie sich nun bewegen, entrücken, und die Pein, welche Ihnen meine Gegenwart verursacht, legt Ihnen die Nothwendigkeit auf, auch unter etwas

Anderem, als Ihrem Kummer zu leiden. Je öfter diese Unterbrechung sich erneuert, desto leichter wird es dann für Ihre Seele, sich mit andern Gegenständen, als mit sich selbst zu beschäftigen. Was hat es dann weiter zu bedeuten, wenn ich Ihnen schließlich verhaßt werde?"

„Wenn Sie die Art des Schmerzes verständen, welchen mein Herz verbirgt, so würden Sie nicht so sprechen."

„Bemerken Sie," fuhr Alrik fort und deutete auf den Wetternsee, „wie düster diese Wasserfläche aussieht, und dennoch wird sie vielleicht schon morgen wieder spiegelklar und lächelnd, und dieß nach einer Nacht des Sturms und Aufruhrs. In einer Stunde haben wir das ganze Ungewitter."

„Es sind die erzürnten Elemente, welche ihn aufrühren, und nicht ein ihm innewohnendes, unglücksschwangeres Geschick."

„Der Wetternsee entnimmt, wie das Menschenherz, seine Stürme und Kämpfe aus dem eigenen Innern und aus den äußeren Elementen; und wie der graue Himmel eine gleich düstere Farbe auf das Wasser wirft, so sind unsere Leiden theilweise ein Wiederschein von einem außer uns befindlichen, betrübenden und schmerzhaften Elemente."

Alrik sprach noch eine Weile in allgemeinen Ausdrücken von den Widerwärtigkeiten des Lebens, ging aber dann zu verschiedenen Ereignissen aus der Wirklichkeit und Zügen von Charakterstärke und Ausdauer im Leiden über. Er sprach mit einer ungesuchten Einfachheit, oft mit scharfen und beinahe strengen Worten; aber zugleich immerdar mit einem so hohen

Grad von Unbefangenheit, daß er die Aufmerksamkeit anzog und seine Zuhörerin zwang, auf seine regellosen aber originellen Vorstellungen zu horchen.

Mittlerweile war das heranziehende Ungewitter mit einem wildbrüllenden Orkan ausgebrochen.

Zugleich stand Alrik auf und sagte:

„Jetzt ist es Zeit, daß ich mich nach Hause begebe."

„Wählen Sie nicht den Seeweg," sagte Gabriella und legte ihre Hand in die ihr dargebotene.

„Ja, aber mein Boot liegt an der Brücke."

„Aber betrachten Sie den Wetternsee und begreifen Sie die Unmöglichkeit, darüber zu fahren."

„Ja, er sieht in der That ungnädig aus, doch was bedeutet das? Ich werde mich schon durch die schäumenden Wogen hindurchkämpfen. Mein Wille kennt das Wort: unmöglich nicht, wenn es innerhalb des Bereichs der Möglichkeit liegt, also: leben Sie wohl."

Alrik war im Begriff zu gehen, wurde aber von Gabriella, welche ihre Hand auf seinen Arm legte, zurückgehalten.

In diesem Augenblick war ihr zu ihm emporgerichtetes Angesicht wirklich schön durch den Ausdruck von Theilnahme und Interesse, welcher die bleichen Wangen färbte, als sie zu ihm sagte:

„Ich bitte Sie, nehmen Sie einen meiner Wagen und kehren Sie den Landweg nach Hause zurück, denn in Ihrem kleinen Boote und mit einem einzigen Ruder können Sie nicht über den Wetternsee kommen."

„Doch, gnädige Frau, ich werde nach Ekbaka rudern, glauben Sie mir, ich werde es."

„Sie werden es nicht, eben deßhalb, weil Sie sich für mich interessirt haben und aus meinem unheilbringenden Hause kommen. Sie wissen nicht, daß das Unglück Alle trifft, die in meine Nähe gerathen. Vergrößern Sie darum nicht meine an sich schon große Schuld durch ein weiteres Leben, das aufs Spiel gesetzt würde."

„Gerade jetzt, gnädige Frau, muß ich fahren, und wäre der Weg doppelt so lang und der Sturm doppelt so heftig. Ich will Ihnen beweisen, daß auf Ihnen kein unglückliches Verhängniß solcher Art ruht. Leben Sie wohl!"

Er machte ein paar Schritte gegen die Treppe, wurde aber wiederum durch Gabriella's zitternde Stimme aufgehalten.

„Nun gut, unbeugsamer Mann, begeben Sie sich hinaus auf das rasende Element, aber hören Sie auch meinen Entschluß: sollte der Sturm Ihr Fahrzeug zersplittern oder in die Tiefe schleudern, so werde ich Ihnen folgen. Daß noch ein menschliches Wesen um meinetwillen dem Untergang verfallen sollte, könnte ich nicht überleben."

Alrik faßte heftig ihre beiden Hände.

„Ach gnädige Frau, Sie wissen nicht, wie glücklich mich dieser Strahl von Energie und Entschlossenheit Ihrerseits macht. Nun fort zum Kampfe mit dem unruhigen Sohn des Sturmes. Seien Sie überzeugt, daß ich siegen werde."

Mit diesen Worten eilte er nach der Brücke hinab.

Gabriella folgte ihm langsam nach.

Bist Du einmal, mein lieber Leser, wenn es stürmte, am Strande gestanden und mit ängstlichem Blick den Anstrengungen eines Menschen gefolgt, wenn er mit dem aufrührerischen Elemente kämpfte, und Du jeden Augenblick erwartetest, ihn von den erzürnten Wogen verschlungen zu sehen? — Wenn Du das gethan, dann hast Du einen schwachen Begriff von den Gefühlen, welche Gabriella's Brust erfüllten, als sie mit ihren Blicken Ulrik's Boot auf seiner abenteuerlichen Heimkehr folgte.

Bei jeder Woge, welche brüllend gegen das kleine Fahrzeug anstürzte, schloß sie die Augen und fühlte sich versucht, laut aufzuschreien, da sie überzeugt war, dieselbe würde das Boot und den Ruderer in ihrem Schooße begraben; aber wenn sie die Augen wieder öffnete, fand sie das Boot auf der Spitze der Welle, und es sah dann aus, als ob es von seiner Höhe auf einmal in die Tiefe hinabgeschleudert werden sollte.

Bei jeder Woge dieselbe Angst, dieselbe Gefahr; es war die grausamste Tortur der Seele.

Gabriella vergaß dabei Alles außer dem kleinen Fahrzeug, an welches ihr ganzes Herz, alle ihre Gefühle gefesselt zu sein schienen. Es kam ihr vor, als ob sie den verwegenen Ruderer mit ganzer Seele geliebt hätte; und dennoch blieb sie unbeweglich auf der Brücke stehen, wo die aufgeregten Wogen wie rasend anschlugen und sie mit ihrem Schaum bespritzten, während der heulende Sturm ihr Gebrüll akkompagnirte.

Gabriella aber hörte Nichts, hatte für Nichts Sinn, als für Ulrik und sein Boot.

Nach einer Stunde unleidlicher Seelenspannung hatte Alrik wirklich dem jenseitigen Strande sich so weit genähert, daß Gabriella dachte:

„Noch einige Ruderschläge und er ist gerettet."

In diesem Augenblicke kam ein wüthender Windstoß heran und verwandelte die ganze Fläche des Wetternsee's in eine unermeßliche wirbelnde Schaummasse.

„Der Unglückliche!" rief Gabriella und drückte ihre Hände auf die Brust. Sie konnte Nichts unterscheiden, aber durch das Geheul des Sturmes hörte sie eine Stimme, welche rief:

„Ich bin herüber!"

Der aufspritzende Schaum legte sich, und sie sah jetzt Alrik auf der Brücke vor Ekbaka stehen; aber das Boot war zersplittert, und die gegen Wettersnäs heranrollenden Wogen führten die Trümmer mit sich hinweg.

Als sie Alriks Zuruf vernahm und ihn auf dem Strande jenseits stehen sah, sank Gabriella auf die Kniee, und eine Thränenfluth stellte sich ein, ihr das Herz zu erleichtern.

Sie fühlte jetzt, obschon dunkel, daß dieser Mann ihr theuer geworden war.

Nach einigen Minuten erhob sie sich, schwenkte ihr Taschentuch gegen den noch jenseits weilenden Alrik und kehrte in ihre Wohnung zurück.

Der Eindruck, welchem Gabriella diese angstvolle Stunde unterworfen gewesen war, hatte eine vollkommene Umwandlung in ihrem Gedankengang hervorgebracht. Die ganze Nacht hindurch war sie gewissermaßen ihrer Betrübniß und Niedergeschlagenheit entrückt. Die gewöhnlich so hoffnungslose und gegen ihre ganze Umgebung so gleichgültige Stimmung war wie weggeblasen, und ihre Gedanken weilten bei Ulrik mit einer Mischung von Wehmuth und auftauchender Hoffnung. Unruhe, Furcht, Angst, Freude, Dankbarkeit und ein anderes, ihr noch unerklärliches Gefühl hatten einander so schnell abgelöst, daß sie einen vollkommenen Aufruhr in ihrem Innern zurückließen. Im Wachen wie im Schlafen durchlebte sie noch einmal diese Gemüthserschütterungen, und den Schluß dieser Wiederholung bildete die innigste Dankbarkeit und Freude, daß er gerettet worden war.

Am folgenden Morgen, als sie erwachte, schlug ihr Herz noch gleich unruhig. Ihr erster Gedanke flog ihm zu. Die gewöhnlich tödtende Geistesschlaffung, welche sie bei dem Gedanken empfand, wieder einen ganzen Tag unter der Bürde ihrer unheilbaren Melancholie hinschleppen zu müssen, beherrschte sie heute nicht mehr.

Sie kleidete sich mit ungewöhnlicher Eile an. Gerade als sie im Begriff stand, ihr Schlafzimmer zu verlassen, erschien eine ältere dienende Person, mit einer Karte in der Hand, und sagte, dieselbe ihrer Gebieterin überreichend:

„Es ist ein junger Herr draußen, der sich durchaus nicht abweisen lassen will. Er behauptet, von Euer Gnaden hieher gerufen worden zu sein, und zwang mich, dieß abzugeben.

Gabriella nahm die Karte. Sie wußte bereits, ohne die Augen darauf zu werfen, welchen Namen sie darauf finden würde.

„Führe Herrn Welwort in den Salon und trage dort das Frühstück auf," sagte Gabriella.

Die Magd stierte ihre Gebieterin ganz bestürzt einige Sekunden an, ging aber dann, um den Befehl zu vollziehen.

Frau von Saint Eue' nahm ihren Weg nach dem Salon.

Sie war kaum eingetreten, als die gegenüber befindliche Thüre geöffnet wurde, und Alrik lebhaften und schnellen Schritts ihr entgegen kam.

„Gnädige Frau, vergeben Sie mir, daß ich schon so frühe Ihre Ruhe störe," sagte er, „aber ich mußte hieher, um mich zu überzeugen, daß Sie sich gestern nicht erkältet haben, und Ihnen zu beweisen, daß ich nicht das Opfer Ihres unglücklichen Verhängnisses geworden bin."

„Ich danke!"

Gabriella äußerte nur diese zwei Worte, aber der Ton, womit sie gesprochen wurden, und der Blick, wovon sie begleitet waren, verrieth Nichts von jenem seelenlosen Gepräge, welches ihr sonst eigen war. Sie machte mit der Hand eine einladende Bewegung, um Alrik Platz nehmen zu heißen, und fuhr dann fort:

„Sie haben mich gestern Abend eine gräßliche Seelenmarter durchmachen lassen."

„Schwere Schmerzen sind nur durch ähnliche zu vertreiben," antwortete Alrik lächelnd.

Jetzt erst sah Gabriella, daß Alrik einen Arm in der Binde trug.

Schrecken malte sich in ihrem Antlitz, als sie zu ihm aufsah.

„Sie haben also Schaden genommen, mein Herr!"

„Ach, Frau von Saint Sue, reden Sie nicht davon. Ich möchte in diesem Augenblick wünschen, daß der Arm zerschmettert, anstatt nur verstaucht wäre. Ich würde damit dennoch diesen Augenblick und die Theilnahme, welche ich in Ihren Blicken lese, und die mir zu Theil wurde, als Sie auf der Brücke knieten, nicht zu theuer bezahlt haben."

Er faßte Gabriella's Hand und führte sie rasch an seine Lippen, indem er hinzusetzte:

„Ich sagte Ihnen, als ich vom Lande abstieß, ich würde Ihnen beweisen, daß Sie Unrecht hätten, wenn Sie behaupteten, Alle, die mit Ihnen in Berührung kämen, wären einem gewissen, unheilvollen Verhängniß verfallen. Ich wußte, daß ich siegreich aus dem Kampfe, der ein solches Ziel hatte, hervorgehen würde."

„Aber mein Verhängniß hat sich doch nicht verleugnet; Ihr Fahrzeug zersplitterte, und Sie selbst würden dasselbe Schicksal getheilt haben, wenn —"

„Wenn ich ein Schwächling statt eines Mannes gewesen wär. Was beweist das? Nicht, daß ein widriges Geschick sich Ihnen angehängt hat, sondern nur, daß diejenigen, welche durch den Zufall ein Opfer desselben wurden, der Kraft ermangelten und nicht die Stärke besaßen, mit den Schwierigkeiten zu kämpfen, sondern sich von denselben überrumpeln ließen. Seien Sie überzeugt, ich werde Ihnen beweisen, daß Sie ein Unrecht gegen die Vorsehung begehen, wenn Sie an ein bestimmtes und unabwendbares Unglück glauben. Sie selbst sind Ihr

Verhängniß, dadurch daß Sie sich einbilden, einem solchen verfallen zu sein."

„Sie wissen nicht, welche furchtbare Wahrheit in diesen Worten liegt: Sie selbst sind Ihr Verhängniß," flüsterte Gabriella in einem Ton, so kummervoll, daß er eine ganze Welt von Schmerz in sich trug.

„Ich wünschte, ich könnte Sie in einem Nu auf meine starken Arme nehmen, Sie weit aus dieser Einsamkeit, aus diesen finstern Phantasien hinwegtragen und auf einer der sonnenhellsten Höhen des Lebens niedersetzen, um Ihnen dort zu zeigen, wie schön das Dasein ist, welche unermeßlichen Schätze zu edeln Genüssen und wahrer Freude es besitzt. Sie würden dann diese weichliche Nachgiebigkeit an Ihren Trübsinn weit von sich werfen und mit aufwärts gerichtetem Blick durch Arbeit und durch das Bestreben, zu nützen, Gott und dem Lichte näher zu kommen suchen. Doch, was ich jetzt nicht vermag, das wird mir in den drei bestimmten Monaten auszuführen gelingen, dessen dürfen Sie versichert sein."

„Sie besitzen vielleicht mit Grund einen festen Glauben an sich selbst," entgegnete Gabriella mild.

„Halten Sie meinen Glauben an den Erfolg dessen, was ich will, nicht für ein ungehöriges Selbstvertrauen, sondern für das, was es ist, eine festgewurzelte Ueberzeugung, daß, wenn man das Rechte will, man es mit Kraft wollen muß, sofern man nämlich den Wunsch hat, daß es gelingen soll. Dieß ist bei demjenigen der Fall, welcher sich durch Schwierigkeiten und Mißgeschick nicht niederschlagen läßt."

Das Frühstück wurde hereingebracht, und gleichzeitig trat auch Clara ein.

Gabriella's Stirne verfinsterte sich ein wenig, als Clara nach vorangegangener Begrüßung erklärte:

„Heute, beste Gabriella, mußt Du schon gestatten, daß ich den Tag bei Dir zubringe. Alfhild ist nach Aker zum Besuch bei des Majors Familie abgegangen, und ich bin ganz allein zu Hause, was mir unbeschreibbar langweilig vorkommt."

„Ich fürchte, Clara, daß Du es hier auch nicht unterhaltender findest," erwiederte die Cousine in ihrem gleichgültigen und matten Ton.

„Laß das nur meine Sorge sein," bat Clara. „Aber was sehe ich," setzte sie hinzu, als Alrik seinen Hut ergriff; „ich glaube, Herr Welwort beabsichtigt, uns und das Frühstück im Stiche zu lassen?"

„Ja, ich muß nach dem Platze, wo wir mit der Grundlegung zu der neuen Kirche anfangen wollen," antwortete Alrik, indem er auf Gabriella zutrat, um ihr Lebewohl zu sagen.

„Frühstücken Sie zuvor mit uns," bat Gabriella.

„Nein, gnädige Frau, ich kam hieher, um zu vernehmen, wie Sie sich befinden, und nicht, um zu frühstücken."

„Aber das Eine hindert Sie ja nicht, das Andere zu thun."

„Ich thue niemals etwas Anderes, oder mehr, als was ich mir vorgenommen habe; also leben Sie wohl bis zum Abend."

„Heute bitte ich Sie aber, an unserem Frühstück Theil zu nehmen," sagte Gabriella.

„Bitten Sie mich nicht, gnädige Frau, denn im

Kleinen wie im Großen bin ich unbeweglich, wenn ich mir einmal Etwas vorgesetzt habe."

Er verbeugte sich, und im nächsten Augenblick hörte Gabriella den Trab eines Pferdes und sah Alrik unverweilt davon reiten.

Gabriella dachte:

„Er ist geschaffen, um durch die Allmacht seines Willens Andere zu beherrschen."

Clara dagegen sprach bei sich selbst:

„Der Mensch tritt wahrhaftig mit Sturmesgewalt auf und scheint auf der Welt Nichts zu kennen, wovor er sich beugt, als seinen eigenen Willen. Ich glaube, der Mann ist brav, aber für meinen Theil dünkt mir, daß sein Wirken dem des Orkanes gleicht."

XXIII.

Wir übergehen einen Zeitraum von mehr als vier Wochen und wollen nur, was inzwischen sich zugetragen hat, in der Kürze berichten.

Alrik hatte in Wettersnäs tägliche, obschon zuweilen ganz kurze Besuche gemacht; wenn aber seine Zeit es erlaubte, war er auch halbe Tage daselbst geblieben.

Theils auf dem Wege der Ueberredung, theils dadurch, daß er sie reizte oder sogar verwundete, hatte er Gabriella gezwungen, in seiner und Clara's Gesellschaft hin und wieder einen Spazierritt nach dem Lokale des neuen Kirchenbau's, oder in die Umgegend zu machen.

Wenn Gabriella Widerstand leistete, konnte Alrik unter den schonungslosesten Ausfällen behaupten, sie lebe nur darum in solcher Abgeschiedenheit, weil sie die allgemeine Aufmerksamkeit auf ihre Person zu ziehen wünsche.

Auf diese Art gelang es ihm wirklich, sie aufzubringen, und in ihrem Zorn nahm sie dann, um den Beweis zu liefern, daß sie nicht die Sclavin einer so kleinlichen Eitelkeit wäre, an verschiedenen Ausflügen Antheil.

Alrik übte auf Gabriella einen wahrhaft auffallenden Einfluß. Zuweilen sah es allerdings aus, als ob seine Angriffe sie tief verwundeten und ermüdeten; und man konnte in solchen Augenblicken glauben, seine Gegenwart wäre ihr unangenehm; aber auf der andern Seite offenbarte sich deutlich, daß sie ihn vermißte, wenn er nicht kam, und daß er sie mit seinem starken Willen und kraftvollen Charakter beherrschte.

Alfhild hatte sich bei der Familie des Majors zu Aker einquartirt, weil auf dem Besitzthum desselben die Brunnenanstalt S* gelegen war, und der Arzt ihr dort die Kur zu trinken verordnet hatte.

Clara war somit zu Klein-Wettersnäs ganz allein.

Eine besondere Laune des Schicksals hatte es so gefügt, daß Ernst genau während der Kurzeit sich nach Aker verfügen mußte, um die Vermessungen, die er dort vorzunehmen hatte, in Vollzug zu setzen.

Als ein wohlgelittener junger Mann, der bei Allen gern gesehen wurde, erhielt er von dem Major die Einladung, zu Aker sein Gast zu sein, so lang er im Kirchspiele-Verrichtungen hätte.

Eine Woche nach Alfhilds Abreise hatte Ulrik gegen Gabriella geäußert:

„Wissen Sie, was der Grund Ihrer Vorliebe für eine abgesonderte Lebensweise ist?"

„Meine kummervollen Erinnerungen."

„Nein, Ihr Egoismus."

„Jetzt verwunden Sie mich wieder durch eine ungerechte Beschuldigung," erwiederte Gabriella, während sie gelinde erröthete.

„Ich werde Ihnen sogleich beweisen, daß ich Recht habe."

„Ach! Sie werden mir am Ende beweisen, daß ich ein ebenso unglücklich gebildeter Charakter, als ein durch Leiden zermalmtes Menschenkind bin," erwiederte Gabriella bekümmert.

„Gnädige Frau, wenn Sie zum Beispiel den kalten Brand an einer Hand hätten, glauben Sie, der Arzt würde sich hinsetzen und sein Bedauern über Sie aussprechen, anstatt sich bereit zu machen, mit seinen besten Instrumenten das töblich kranke Glied von ihrem Körper abzulösen, um Ihnen dadurch Rettung zu bringen? So thue auch ich. Meine Worte sind die scharfen Instrumente, meine Handlungen die Operation selbst. Ich bin ein geistiger Wundarzt."

„Nur mit dem Unterschiede, daß man von Ihnen sagen kann, sie operiren eine Leiche, denn ich bin geistig todt."

„Ein vollkommener Irrthum; denn wenn Sie Recht hätten, könnten Sie nicht durch meine Worte verwundet werden. Die Todten sind gefühllos, und Sie sind sowohl für Schmerz als Zorn empfänglich. Ueberdieß sind Sie, wie ich so eben sagte, Egoistin,

11*

was eben beweist, daß Ihre Seele bei vollem Leben ist."

"Aber inwiefern bin ich denn Egoistin? Welche Freude, welchen Genuß habe ich?"

"Ich könnte antworten: Sie sind Egoistin deßhalb, weil Sie allen Freuden und Genüssen entsagen, indem Sie sich einbilden, in Ihrer Absonderung von Andern am glücklichsten zu sein. Sie lassen sich ein prachtvolles Schloß bauen, angefüllt mit Allem, was Reichthum, Thorheit und Luxus auftreiben können, und in diesem glänzenden Sarge begraben Sie in aller Bequemlichkeit sich und Ihren Kummer, von der irrigen Vorstellung geleitet, daß sie damit das einzige Glück, welches das Leben Ihnen zu bieten hat, genießen. Ist dieß nicht Egoismus?"

Alrik hatte sich in seinem Sessel zurückgelehnt und fixirte Gabriella. Ihre Züge nahmen einen gemischten Ausdruck von Bitterkeit und Schmerz an, während sie, ohne ihn anzusehen, beinahe mehr mit sich selbst redend, zur Antwort gab:

"So ungerecht urtheilen die Menschen, weil sie ihre Schlüsse nur nach dem machen, was sich ihren Blicken darstellt. Wie ganz anders würde unser Urtheil ausfallen, wenn wir in das Herz derer, welche wir tadeln, einen Blick werfen könnten."

Sie wendete dann Alrik ihr Gesicht zu und fuhr fort:

"Auch Sie, Herr Welwort, urtheilen nach dem äußern Schein. Wie sehnsüchtig hat nicht mein Herz gewünscht, ein Wesen zu besitzen, das ich lieben, für das ich leben könnte. Wie oft habe ich nicht in meinen düstern Stunden die Arme ausgestreckt und in verzweifeltem Schmerze geklagt, daß es für mich auf der ganzen Welt kein Wesen gibt, das mich lieb hätte, das meinen Kummer theilte und milderte, an dessen Brust ich weinen könnte, das ich zu lieben das Recht besäße . . ."

Sie schwieg; eine leichte Purpurwolke stieg auf ihren Wangen auf, als sie den zärtlichen Ausdruck gewahrte, welcher in Ulriks hellblauen, ehrlichen Augen, als er sie jetzt ansah, zu lesen war.

„Nun wohl, gnädige Frau, was hat Sie gehindert, diesen Wunsch Ihres Herzens erfüllt zu sehen?"

„Mein unglückliches Verhängniß," antwortete Gabriella düster und erhob sich. „Mein Verhängniß, welches das einzige Mal in meinem Leben, da ich fühlte, daß die Liebe die Wunde der Seele heilen könnte, zwischen mich und die aufdämmernde Hoffnung trat, mir gebot, ihr zu entsagen, und mir zur Pflicht machte, Jedermann von mir zu entfernen, der mir seine Zuneigung widmen wollte. Mein Verhängniß, welches mir befahl, Alles weit von mir zu werfen, was mir Freude machen oder Trost gewähren könnte; mein Verhängniß endlich, welches so grauenvoll jeden verfolgt, der sich gegen meinen Willen mir zu nähern sucht. Und Sie sagen, daß meine Absonderung Egoismus sei!"

Gabriella legte die Hand aufs Herz und setzte mit tiefer Bewegung hinzu:

„Es hat dieses Herz blutige Thränen gekostet; es ist meiner nach Liebe dürstenden Seele Gewalt angethan worden; aber ich habe, wie es ehmals das strenge Klostergesetz vorschrieb, dieses Herz dazu verurtheilt, lebendig begraben zu werden."

Sie trat an eines der geöffneten Fenster und schaute zu dem klaren Sommerhimmel hinaus.

Gabriella hatte mit so ergreifendem Gefühl gesprochen, daß Ulrik gerührt wurde. Er blieb sitzen und sah ihr nach. So vergingen einige Minuten; endlich stand er auf, näherte sich Gabriella und sprach in leisem, bittendem Tone:

"Verzeihen Sie mir meine Worte um des Motivs willen, welches ihnen zu Grunde liegt. Eines Tages werden Sie dieselben, so wie mich verstehen."

Gabriella wandte sich um, und ihre Blicke begegneten sich. Einen Moment sahen sie einander in die Augen, worauf Gabriella ihm schweigend die Hand reichte, welche er lebhaft küßte.

Es trat eine Pause ein; endlich unterbrach sie Ulrik mit den Worten:

"Wenn Sie mit Ihrem abgeschiedenen Leben diejenigen, welche Ihrer bedürfen, kränkten, demüthigten und verletzten, wenn Sie denselben Ihre Wohlthaten zuwürfen, wie man einem Bettler einen Pfennig zukommen läßt, allein jeden Beweis von Freundlichkeit, welcher das Drückende des Bewußtseins, von Anderer Barmherzigkeit leben zu müssen, mildern könnte, ihnen entzögen, würden Sie dann Ihre Cousinen so fern von sich halten und dieselben durch eine solche Absonderung verletzen? Von ihnen und allen Nachbarn muß dieß als ein Zug von Uebermuth betrachtet werden, darum weil Sie reich und jene arm sind."

"Uebermuth!" wiederholte Gabriella. "O mein

Gott! Was habe ich, um deßhalb übermüthig zu sein?"

„Ihren Reichthum."

„Ich denke nicht öfter daran, daß ich reich bin, als wenn diese Erinnerung mir wehe thut."

„Aber warum dann Ihre Cousinen nicht hier haben, sondern sie so getrennt von Ihnen leben lassen?"

„Darum, weil ich sie in den düstern Kreis, der mich umgibt, in das Schicksal, welches alle trifft, welche in Berührung mit mir kommen, nicht hereinziehen kann und will."

„Aber wenn Sie durch diese Ihre Handlungsweise ihnen das Leben verbitterten und erschwerten?"

Gabriella schaute wieder zu ihm empor und sagte nach kurzem Stillschweigen:

„Sie wollen, daß ich Clara zu mir nehmen soll?"

„Ich will Nichts, ich wünschte nur Ihre Gedanken darauf zu richten, daß dieselben Ihrer bedürfen — daß Sie ihnen gegenüber zartfühlender sein sollten, als gegen diejenigen, welche nicht Ihr Brod essen."

„Ich danke Ihnen!" erwiederte Gabriella, ihm die Hand reichend, und setzte hinzu: „Sie beweisen mir klar, daß der Kummer mich egoistisch gemacht hat. Ach! mein Herr, Sie werden noch damit aufhören, daß Sie mich zu Ihrer Schuldnerin machen."

„Nein, nicht zur Schuldnerin, aber wohl zur Freundin."

Tags darauf erhielt Clara schon am Morgen ein kleines Billet von Gabriella, mit der Anfrage, ob sie nicht während der Dauer von Alfhilds Abwesenheit bei ihr sich einlogiren wollte.

Von diesem Tage an bewohnte Clara das obere Stockwerk von Wettersnäs. Als die Brunnenkur zu Ende ging und Alfhild daheim erwartet wurde, bemerkte Gabriella:

„Wenn ihr es vorzieht, bei mir zu wohnen, so steht der obere Stock euch zu Diensten."

Alrik hatte zu Clara gesagt:

„Sie müssen bei Ihrer Cousine wohnen und sich täglich in Berührung mit ihr setzen."

Deßhalb gab Clara, obwohl sie wußte, daß es Alfhild Mißvergnügen machen würde, zur Antwort, sie zögen es vor, in Groß-Wettersnäs zu bleiben.

XXIV.

Es war an einem Nachmittag zu Ende Juli's.

Gabriella war den ganzen Tag unsichtbar gewesen. Man wußte nicht, wo sie sich aufhielt. Schon in aller Frühe Morgens war sie ausgegangen.

Am Abend kam Alrik nach Wettersnäs herüber und fand nur Clara.

„Wo ist Frau von Saint Sue?" fragte er.

„Ich weiß es nicht. Gabriella soll, noch ehe ich erwachte, ausgegangen sein, und ist noch nicht heimgekehrt."

„Den ganzen Tag nicht."

„Nein; aber dieß ist nichts Ungewöhnliches, wie mir der Intendant sagte."

„Sehr möglich, daß es sich so verhält; aber es

ist doch seit länger als einem Monat nicht vorgekommen, und würde auch jetzt nicht stattgefunden haben, wenn Sie ein wahres Interesse für Ihre Cousine empfänden."

Bei diesen Worten sah Alrik ganz grimmig aus.

„Aber Sie wollen mich doch nicht für Gabriella's Thun und Lassen verantwortlich machen?" entgegnete Clara lächelnd.

„Allerdings, sonst hätte ich Sie nicht zu meiner Verbündeten gewählt."

„Wollen Sie wirklich, daß ich Gabriella auf Schritt und Tritt bewachen soll? Sie ist ja ein selbstständiges Wesen, und ich kann ihr nicht verbieten auszugehen, am allerwenigsten, wenn sie dieß thut, ehe ich erwache."

„Ja, eben darin liegt der Fehler, daß Sie schlafen," rief Alrik ungeduldig.

„Das ist stark; Sie wollen mir also das Schlafen wehren!" erwiederte Clara lachend. „Das ist Etwas, wozu ich mich nicht verbindlich machen kann, denn ich habe einen unbegreiflich guten Schlaf."

„Das ist ein großes Glück für Sie; aber für Frau von Saint Sue wäre es besser, wenn Sie Etwas von Ihrer eigenen Bequemlichkeit aufopfern könnten."

„Herr Welwort, Sie wählen Ihre Worte nicht sonderlich; und wenn Jemand anders mir sagte, was Sie eben gegen mich äußerten, so würde ich bestimmt böse."

„Das steht Ihnen frei," fiel Alrik mit gesteigerter Ungeduld ein, „aber gestatten Sie mir jetzt, daß ich mich mit etwas Anderem beschäftige, als Ihrem

Schlaf und Ihrem Zorn. Haben Sie ausfindig zu machen gesucht, wo Frau von Saint Sue sich befinden kann?"

„Nein, das habe ich nicht."

„Sie sind also ganz ruhig hier verblieben, als ob Nichts vorgefallen wäre. Der Mensch ist doch in der That ein wunderliches Thier, ohne Interesse für Seinesgleichen. O du ewiger Egoismus!"

Alrik ging in vollem Zorn und Unmuth auf und ab.

„Hören Sie, Herr Welwort, darf ich wohl erfahren, was Sie eigentlich wollen, da sich thun soll? Soll ich die Dienerschaft ausschicken und ein Treibjagen hinter ihr her anstellen, da ich doch weiß, daß sie da, wo sie ist, allein und ungestört zu sein wünscht?"

„Aber ich habe Ihnen ja tausend Mal gesagt, daß sie nicht allein sein darf. Ihre Pflicht ist, diesem vorzubeugen, da ich unglücklicher Weise nicht jede Stunde des Tags hier sein kann."

„Wenn sie aber trotz aller meiner schönen Bemühungen die Einsamkeit sucht, kann ich sie nicht mit Gewalt daran verhindern."

„Wer redet von Gewalt? Hier handelt es sich bloß darum, daß Sie Gabriella so zu interessiren suchen, um Ihre Gesellschaft derselben werth zu machen."

„Das ist leichter gesagt, als gethan."

„Wenn Sie wirkliches Interesse für Ihre Verwandte hätten, so würden Sie Ihre ganze Kraft aufbieten, um deren Herz an sich zu ziehen, und das würde Ihnen auch gelingen.

„Haben Sie Interesse für Gabriella?"

„Ja, auf Ehre und Gewissen."

„Ist es Ihnen gelungen, ihr Herz an sich zu ziehen?"

Alrik warf Clara einen so finstern Blick zu, als ob er sie wegen dieser kecken Frage auf der Stelle ermorden wollte. Aber da Clara ihm ganz ungescheut gleichfalls ins Auge sah, ging er einige Mal im Zimmer auf und ab, blieb dann vor ihr stehen und sagte:

„Meine Rolle ist niemals von solcher Art gewesen. Ich bin der moralische Arzt. Sie waren von mir bestimmt, ein heilender Balsam für die Wunde ihrer Seele zu werden; darum habe ich weder deren Herz noch Zuneigung zu gewinnen gesucht; aber hätte ich das gewünscht, so dürfen Sie überzeugt sein, daß es mir auch gelungen wäre.

„Demnach liegt die Schuld an mir?"

„Allein an Ihnen."

„Nun wohl, so sagen Sie mir, was ich thun soll, um Gabriella zu bestimmen, daß sie sich eng an mich anschließt."

„Sie lieben," war Alriks Antwort.

„Dazu ist sie mir noch zu fremd. Ich bin dankbar, innig dankbar; aber sie lieben, das kann ich noch nicht."

„Nicht! — und doch ist sie so unglücklich, daß der bloße Anblick derselben das Herz rühren und es zwingen sollte, dieses leidende und einnehmende Wesen zu lieben. Der Egoismus macht es dem Alltagsmenschen unmöglich, einen Andern, als den zu lieben, welcher ihm Unterhaltung gewährt. Gäbe

Frau von Saint Sue glänzende Feste und sähe viel Leute und verbreitete Lust und Freude um sich, dann würden Sie Liebe und Bewunderung für dieselbe fühlen. Wissen Sie was, Fräulein Clara, ich finde dieß, milde gesagt, kleinlich."

„Und ich finde Sie nicht sehr artig," versicherte Clara in einem Ton, der zwischen Verdruß und Scherz die Mitte hielt. „Sie wollen, daß ich auf Commando eine Person lieben soll, und weil ich ganz ehrlich sage: sie ist mir noch zu fremd, nennen Sie mich kleinlich, um nicht zu sagen, verächtlich."

„Können Sie sich nicht über Ihre eigene Persönlichkeit erheben und . . ."

„Sie so unhöflich sein lassen, als es Ihnen beliebt, nur um der guten Sache willen," fiel Clara ein und reichte ihm die Hand, indem sie hinzusetzte: „Ja, schelten Sie nur darauf los, wenn dieß Gabriella nützen kann. Ich will meinerseits mich bemühen, sie zu lieben."

„Ich danke Ihnen, Fräulein Wolf; jetzt gefallen Sie mir, da Sie den Beweis liefern, daß Sie eine große Seele haben."

Er faßte ihre beide Hände und küßte sie.

In diesem Augenblick fuhr ein Wagen auf den Hof.

Es war Alfhild, welche vom Brunnen zurückkehrte.

„Beste Mamsell Clara, führen Sie Ihre Schwester auf Ihr Zimmer. Ich möchte ihr ausweichen."

Bei diesen Worten Alriks wechselte Clara die Farbe und sagte etwas scharf:

„Seien Sie überzeugt, Herr Welwort, so weit

es in meinen Kräften steht, sollen Sie der Unannehmlichkeit eines Zusammentreffens mit Alfhild nicht oft ausgesetzt werden."

„Dafür bin ich Ihnen sehr verbunden," versicherte Alrik und warf sich in einen Fauteuil.

„Der Grobian," dachte Clara, als er das Zimmer verließ.

Alrik ballte, als er allein war, ungeduldig die Hände und murmelte:

„Ich möchte diesen ganzen Marmorpalast in die Luft sprengen, wenn ich dadurch Kunde bekäme, wo sie ist, oder wo ich sie suchen soll."

Diesen Augenblick zeigte sich ein Schatten in der Thüre.

Alrik sprang auf.

Gabriella stand vor ihm.

Sie war unnatürlich bleich und in jedem ihrer Züge gab sich jener hoffnungslose und verzweifelte Schmerz zu erkennen, welcher auf Alrik das erste Mal, da er sie sah, so ergreifend gewirkt hatte.

Er näherte sich ihr hastig und rief:

„Mein Gott, wie bleich Sie sind! Was ist geschehen?"

Gabriella strich sich mit der Hand über die Stirne, reichte sie sofort Alrik und sprach mit ihrer tonlosen Stimme:

„Sie hier! Dank! Ich hatte Sie beinahe vergessen."

„Das sehe ich wohl," antwortete Alrik und führte sie zum Sopha. „Sie sind heute wieder egoistisch gewesen, und um ihres Kummers recht zu genießen, haben Sie uns in der Angst gelassen."

„Keine Vorwürfe heute," flüsterte Gabriella und stützte den Kopf in die Hand.

Ohne ein Wort zu sagen, klingelte Alrik und gebot einem Diener, Wein und Wasser zu bringen. Als dieser Befehl vollzogen war, goß er Etwas davon in ein Glas und bot es Gabriella mit den Worten:

„Sie sind abgemattet, trinken Sie."

Sie schob das Glas von sich, aber Alrik faßte ihre Hand und sagte mit bittender Stimme:

„Aus Barmherzigkeit mit mir und mit Ihnen selbst, trinken Sie. Ach! Sie wissen nicht, welche Angst ich ausgestanden, seitdem man mir sagte, daß Sie den ganzen Tag außer dem Hause zugebracht haben. Gerade heute hätte ich über Sie wachen sollen."

Gabriella trank das Glas mit Wein und Wasser, welches er ihr gereicht hatte, und sagte dann:

„Ich will Ihnen keine Unruhe machen; aber dieser Tag ist für mich von entsetzlicher Denkwürdigkeit, und ich mußte an demselben, ganz allein mit mir, meinen Schmerz durchkämpfen."

„Ah! Das hätte ich mir denken sollen," murmelte Alrik.

„Verzeihen Sie, wenn ich Ihnen dadurch wehe gethan habe," fuhr Gabriella fort und reichte ihm wiederum die Hand.

Alrik schloß sie in die seinige und sagte mit Herzlichkeit:

„Versprechen Sie mir, für die wenigen, von den Monaten, die ich mir vorbehalten habe, noch übrigen

Wochen, keinen so langen, einsamen Ausflug zu unternehmen."

„Ich verspreche es."

„Ich danke Ihnen."

Mit diesen Worten ließ er ihre Hand fahren und verabschiedete sich nach einigen Augenblicken, da er sah, daß Gabriella der Ruhe bedurfte.

(Ende des ersten Bandes.)